SEX

WAS DU
SCHON IMMER
WISSEN
WOLLTEST

CHUSITA
FASHION FEVER

SEX

WAS DU SCHON IMMER WISSEN WOLLTEST

Aus dem Spanischen von
Ilona Einwohlt

cbj

Bei diesem Buch wurden die durch das verwendete Material und
die Produktion entstandenen CO2-Emissionen ausgeglichen, indem
der cbj-Verlag ein Projekt zur Aufforstung in Brasilien unterstützt.
Weitere Informationen zu dem Projekt unter:
www.ClimatePartner.com/14044-1912-1001

MIX
Papier aus verantwortungsvollen Quellen
FSC® C005833
FSC
www.fsc.org

Wir produzieren
Klimaneutral
ClimatePartner.com/14044-1912-1001
Druckprodukt

Verlagsgruppe Random House
FSC® N001967

2. Auflage

Die spanische Originalausgabe erschien erstmals 2016
unter dem Titel »Esto no es un libro de sexo« bei RBA Libros, S.A., Barcelona.

CHUSITA FASHION FEVER ist das Pseudonym der spanischen Youtuberin María Jesús Cama.
Auf ihrem Kanal »YO QUE TÚ« spricht sie über Sex und beantwortet Fragen ihrer Follower.

Umschlaggestaltung: semper smile, München,
unter Verwendung einer Vorlage von RBA, Barcelona/Compañía
Umschlagillustration: Maria Llovet
kk • Herstellung: AJ
Satz: Meike Sellier, Eching
Druck: Těšínská tiskárna, a.s., Český Těšín
ISBN 978-3-570-16517-1
Printed in the Czech Republic

www.cbj-verlag.de

Mehr über cbj auf Instagram unter @hey_reader

ALSO … ICH AN DEINER STELLE
WÜRDE MIR DAS NICHT
ENTGEHEN LASSEN

INHALT

SPRECHEN WIR ÜBER SEX!

O-TON CHUSITA

Also, das soll mir bitte mal jemand erklären: Warum sprechen die Leute nicht offener über Sex und sagen deutlich, was Sache ist? Über Sex, genau, dieses Thema: SEX, SEX, SEX ... Es wird Zeit, die Dinge endlich beim Namen zu nennen! Schluss mit heimlichem Herumflüstern und Um-den-heißen-Brei-Herumreden, von wegen Bienchen und Blümchen. Hallo, wir leben im 21. Jahrhundert!

Tut sich was in deinem Körper? Bist du gerade erst in das Thema Sex und Sexualität eingestiegen und hast noch keinen Plan, wie das alles funktionieren soll? Kennst du dich schon ein bisschen aus, aber willst noch viel mehr wissen? Dann ist das **DEIN BUCH!** Ich verspreche dir ausführliche Antworten, gute Ideen und witzige Beispiele. Das Ganze mit coolen Illustrationen und Comics, die zeigen, was Sache ist. **HÖRT SICH GUT AN, ODER?**

Vielleicht fragst du dich, wie ich darauf gekommen bin, so ein Buch zu schreiben. Ganz einfach: Durch die Kommentare zu meinen Videos und all die Nachrichten, die ihr mir schickt, habe ich gemerkt, **WIE PLANLOS IHR SEID,** wenn es um Sex geht. Angefangen habe ich mit einem YouTube-Kanal über Mode. Ich hatte keine Ahnung, dass das, was ihr wirklich wollt, Ratschläge in Sachen Sex und Gefühle sind! So entstand »Ich an deiner Stelle«, eine meiner Playlists, um all eure Fragen zu beantworten. Fragen über Fragen zu euren Beziehungen, Gefühlen und sexuellen Erfahrungen. Dabei ist mir klar geworden, dass ihr noch viel mehr Informationen braucht. Ihr seid nämlich ganz schön unsicher, wenn es um Sex geht.

Ehrlich gesagt **WUNDERT MICH DAS NICHT.** Sex ist immer noch mit jeder Menge Tabus, Mythen und Geheimnisse belegt. Mir ging es genauso: Als ich so weit war, hatte ich kein einziges Mal mit meinen Eltern über dieses Thema gesprochen. Und die Nonnen an meiner Klosterschule hatten mir auch nicht viel mehr erklärt als die Grundbegriffe der *sexuellen Fortpflanzung.*

Die Einzigen, mit denen ich darüber reden konnte, waren meine Freundinnen. Sie erklärten mir so manches, den Rest pickte ich mir aus den Zeitschriften heraus, die es damals für Jugendliche gab. So bekam ich eine vage Ahnung, worum es dabei ging. Obwohl mir, **ALS ES DANN SO WEIT WAR,** sehr schnell klar wurde, dass ich so gut wie gar nichts wusste.

Übrigens: Als Youtuberin habe ich sehr von den Kommentaren meiner Follower profitiert. Hey, ihr da draußen, ohne euch hätte ich dieses Buch niemals schreiben können. Vielen Dank für euer Vertrauen!

CHUSITA
FASHION
FEVER

Hinweis!
Solltest du mir irgendwann mal eine Frage geschickt haben, könnte es sein, dass sie in diesem Buch vorkommt. Ich hoffe, dass die Antwort dir weiterhilft! Aber keine Sorge, niemand erfährt, wer du bist, denn hier tauchen keine echten Namen auf.

Unter uns

Wenn ich heute darüber nachdenke, wird mir klar, wie ahnungslos ich selbst damals war. Hätte ich vorher mehr über Sex gewusst, hätte ich von Anfang an mehr Spaß gehabt. Und genau deswegen habe ich dieses Buch für euch geschrieben! **ICH BIN KEINE SEX-EXPERTIN** oder so. Aber ich habe dasselbe durchgemacht wie die meisten Teenies. Jetzt, wo ich älter bin, weiß ich, wie es geht. Und es scheint mir mehr als notwendig, dass es ein Buch über Sex für junge Leute gibt, das bei null anfängt. Ein Buch über Sexualität von dem Moment an, in dem sie zum ersten Mal Thema wird, bis zum tatsächlichen Verkehr – ohne dabei ein Blatt vor den Mund zu nehmen. Wenn ich so ein Buch als junges Mädchen gehabt hätte, wäre es mir eine große Hilfe gewesen!

So habe ich **EINE REIHE VON ERFAHRUNGEN** machen müssen, die mich verunsichert haben. Ich fühlte mich nicht wohl dabei, mich nackt auszuziehen; ich wusste weder, ob das, was ich fühlte, normal war oder nicht, noch ob mein körperliches Verlangen etwas Verwerfliches war. Ich hatte keine Ahnung, ob meine Bewegungen die richtigen waren, ob ich das alles viel zu schnell anging oder vielleicht doch nicht schnell genug. Nach überstandener Pubertät (endlich!) und einigen Beziehungen glaube ich, dass ich inzwischen mehr weiß. Und das erkläre ich euch auf den folgenden Seiten, locker, leicht und mit Spaß. In der Hoffnung, dass euch mein Wissen weiterbringt und euch hilft, eine **GUTE ZEIT** zu haben – und Spaß beim Sex.

EINLEITUNG

LEGEN WIR LOS!

Um etwas von diesem Buch zu haben, reicht es schon, wenn du bereit dazu bist, über Sex zu reden. Reden, genau: Auch wenn das hier in einem Buch steht, hoffe ich doch, dass beim Lesen daraus so etwas wie ein Gespräch ZWISCHEN DIR UND MIR wird. Ein Gespräch über Sex – offen, ausführlich und ohne Tabus.

Worum geht's?

Um alles, was mit Sex zu tun hat! Also, ganz von Anfang an, von den ersten sexuellen Regungen bis zum Praktizieren von Sex in all seinen Varianten. Darum, wie sich die unterschiedlichen Körperteile anfühlen, über das Entdecken der eigenen sexuellen Identität, die ersten körperlichen Aktivitäten und welche unterschiedlichen Beziehungen sich zu anderen Menschen daraus entwickeln. Außerdem sprechen wir über dieses ganz besondere, intime Verhältnis, das jeder zu seinem eigenen Körper hat, von den ersten Schritten als Paar bis ... zu mehr!

Ganz wichtig ist mir Folgendes: Ich werde dir **NICHT** sagen, ob du Sex haben oder es lassen sollst. Das ist allein deine Sache. Was ich dir erzählen werde, ist alles, was du wissen musst, wenn du so weit bist. Damit du **BEREIT** dafür bist. Im Inhaltsverzeichnis findest du, worum es im Einzelnen geht, und am Schluss des Buches ein Glossar mit hilfreichen Definitionen.

Für wen ist das?

Für alle, die mehr wissen wollen. Sex unter achtzehn ist kein Muss, aber das bedeutet nicht, dass du nicht **GUT INFORMIERT** sein kannst. Du kannst jemanden anhimmeln, ohne Sex zu haben, kannst anfangen, ein bisschen herumzuprobieren oder dich ganz darauf einlassen. Alles ist gut, solange Sex mit Lust, bewusst und einvernehmlich stattfindet.

NUR ZU!

LASS DIE FINGER VON DIESEM BUCH, WENN …

… du kein Interesse hast, über Sex zu reden.

… du Vorurteile hast.

… du die Dinge nicht gern beim Namen nennst.

… dich der Gedanke an Sex ekelt.

LIES DIESES BUCH, WENN …

… du alles über Sex wissen willst.

… du keine Vorurteile hast.

… du die Dinge gern beim Namen nennst.

… der Gedanke an Sex dich nicht mehr loslässt.

Schon gewusst?

Jeder hat schon mal für jemanden geschwärmt. Ich gestehe: Als Teenie himmelte ich Nick Carter an, der damals zu den Backstreet Boys gehörte. Ich hatte ein lebensgroßes Poster von ihm in meinem Zimmer hängen und küsste ihn ständig – bis sein Gesicht ganz abgeliebt und farblos war!

Was findest du in diesem Buch?

Erklärungen, Beschreibungen, Ideen, Anekdoten, Lügenmärchen, Besonderheiten und **EIN PAAR TIPPS.** Außerdem beantworte ich Fragen, die ihr mir geschickt habt. Es gibt Tests, um herauszufinden, wo du gerade stehst und wie weit du in deiner Entwicklung bist. Spiele und Spielregeln. Und **VIELE BEISPIELE,** in denen sich jeder von euch wiederfinden kann.

Kleiner Tipp:

Verpass nicht Chusitas witzige Tests!

Gebrauchsanweisung

Du kannst dieses Buch wie jedes Buch lesen, also einfach vom Anfang bis zum Ende, Seite für Seite. Du kannst aber auch irgendwo einsteigen, zum Beispiel mit den Tests, oder erst die coolen Comics anschauen, die **ZEIGEN, WAS SACHE IST,** um dich dann in die Texte zu vertiefen. Und du kannst dieses Buch wie einen Ratgeber lesen, um Antworten auf konkrete Fragen zu finden oder um Pläne für deine sexuelle Zukunft zu schmieden, jetzt, wo du Bescheid weißt. Ganz wie du magst. Eins wünsche ich dir auf jeden Fall:

VIEL SPASS DABEI!

Hätte ich dieses Buch als Teenie gehabt, wären mir einige Dinge nie passiert; zum Beispiel ... nicht zu wissen, wie man ein Kondom benutzt!

O-TON CHUSITA

TEST ...

WAS WEISST DU ÜBER SEX?

Ist es nicht so: Manchmal denkst du, du weißt alles, und dann wieder hast du das Gefühl, du hast keinen Plan von nichts? Auf welchem Level befindest du dich? Mach diesen Test, zähle die Sternchen – dann weißt du es!

Über die Klitoris weißt du ...

- * Klitowas? Seltsames Wort.
- ** Gibt es, wo auch immer.
- *** Du weißt, wo sie ist – und wie man sie kitzelt!

Über die Eichel weißt du ...

- * Eichel ist eine Farbe beim Skat.
- ** Gibt es und zeigt sich ab und zu.
- *** Du weißt, wo sie ist – und wie man sie herauslockt!

Onanieren ist ...

- * Etwas für Leute, die immer nur an Sex denken.
- ** Hilfreich, um sich abzureagieren.
- *** Gesund, vergnüglich und empfehlenswert.

Petting bedeutet ...

- * Sich zu küssen.
- ** Eine sehr angenehme Erfahrung.
- *** Den Anfang von etwas Großem.

Ein Kondom nimmst du, um ...

- * Es aufzublasen, bis es platzt.
- ** Zu verhüten.
- *** Um sicheren Sex zu haben.

Oralsex bedeutet ...

- * Reden, statt etwas anderes zu tun.
- ** Etwas, was dich von null auf hundert bringt.
- *** Sex mit dem Mund.

Sex mit einem anderen soll ...

- * Etwas Wunderbares und Unvergessliches sein.
- ** Man nur haben, wenn man sich bewusst dafür entschieden hat.
- *** Einvernehmlich und schön für beide sein.

?

AUSWERTUNG

(7* bis 10*)

Frischling!

Vielleicht interessiert dich das Thema nicht, vielleicht fühlst du dich alleingelassen damit. Am besten fängst du gleich an, dieses Buch zu lesen – lass keine Seite aus!

(11* bis 14*)

Bei dir klingelt was

Du hast ein bisschen Ahnung. Kann sein, dass etwas aus dem Bio-Unterricht hängen geblieben ist, obwohl es dich Überwindung kostet, die Dinge beim Namen zu nennen. Auf was wartest du noch? Das hier ist dein Buch!

(15* bis 18*)

Du liegst gut im Rennen

Scheint so, als ob du genug Ahnung hast. Obwohl dir für die Praxis noch mehr Theorie fehlt. Die Lektüre dieses Buches hilft dir dabei, dein Wissen zu erweitern.

(19* bis 21*)

Aber hallo!

Du hast die höchste Punktzahl erreicht. Aber ... bist du sicher, dass du schon alles weißt? In diesem Buch findest du Anregungen und Spiele, die du bestimmt noch nicht kennst!

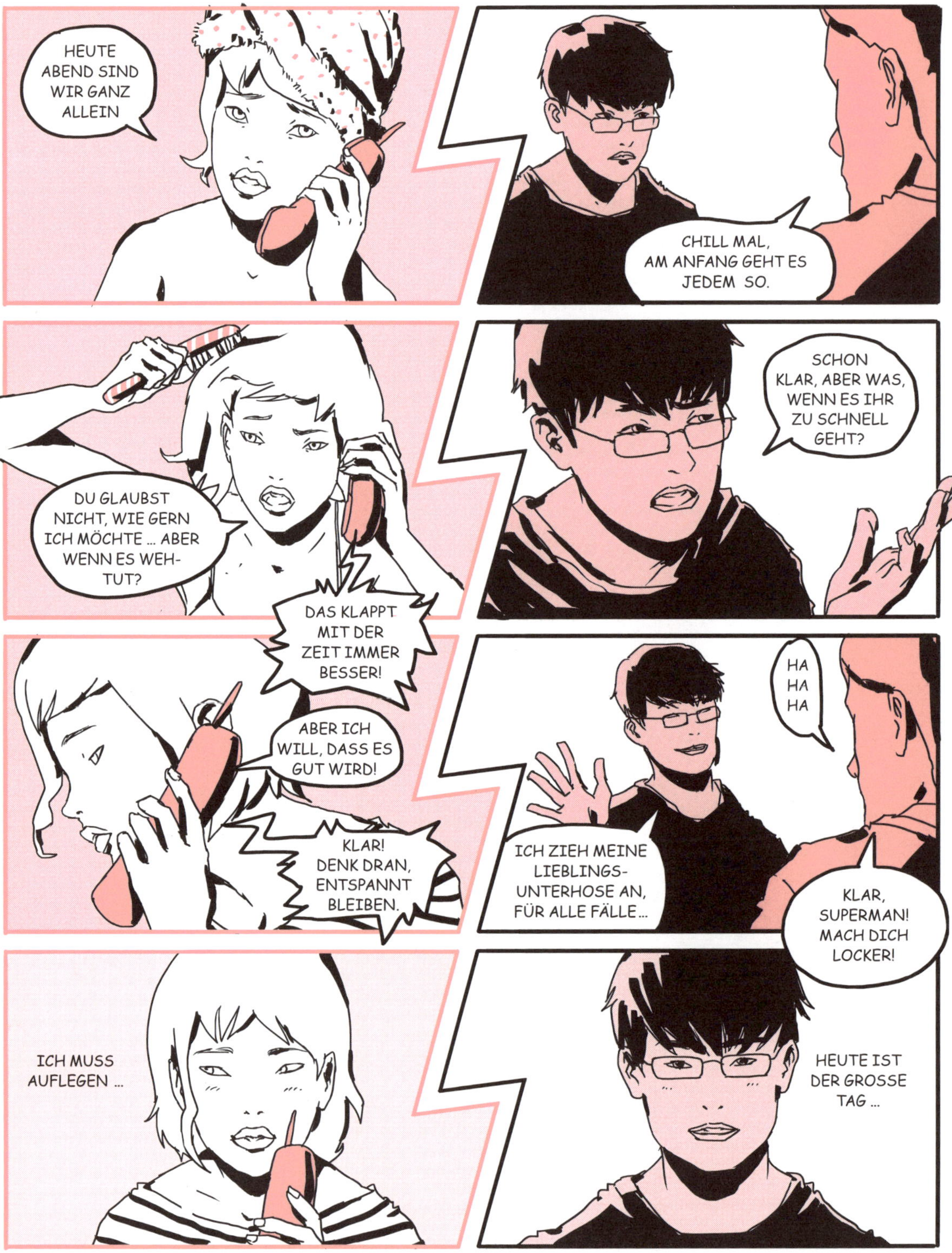
HEUTE ABEND SIND WIR GANZ ALLEIN
CHILL MAL, AM ANFANG GEHT ES JEDEM SO.
DU GLAUBST NICHT, WIE GERN ICH MÖCHTE ... ABER WENN ES WEH-TUT?
SCHON KLAR, ABER WAS, WENN ES IHR ZU SCHNELL GEHT?
DAS KLAPPT MIT DER ZEIT IMMER BESSER!
ABER ICH WILL, DASS ES GUT WIRD!
KLAR! DENK DRAN, ENTSPANNT BLEIBEN.
HA HA HA
ICH ZIEH MEINE LIEBLINGS-UNTERHOSE AN, FÜR ALLE FÄLLE ...
KLAR, SUPERMAN! MACH DICH LOCKER!
ICH MUSS AUFLEGEN ...
HEUTE IST DER GROSSE TAG ...

BIST DU
OKAY?
HMMH
MMMM

KÖRPER UND LUST

ENTDECKE DEINEN KÖRPER

Irgendwann kommt der Moment, in dem sich alles verändert, das ist in der Pubertät nun mal so. Mit einem Mal entwickeln sich Regionen des Körpers, die du vorher kaum wahrgenommen hast. Überall sprießen Pickel und Haare, die Hormone spielen verrückt ... **KEINE SORGE!** Das ist völlig normal und passiert jedem.

Supersensibel

Nicht nur dein Äußeres verändert sich, auch deine Wahrnehmung und deine Gefühle ... Manchmal bist du superempfindlich und weinst über jede noch so kleine Kleinigkeit, dann wieder bist du extrem reizbar – oder platzt vor Lachen, ohne eigentlich zu wissen, warum. Du fühlst dich wie in einer **ACHTERBAHN.**

Auch dein Körper erlebt Veränderungen und zeigt dir nie gekannte **GEFÜHLE,** zum Beispiel wenn du deinem Schwarm begegnest. Dann stockt plötzlich dein Atem, du schaust zu Boden und dir fehlen die Worte. Mitunter verursacht eine simple Berührung Gänsehaut am ganzen Körper und weckt deine Fantasie. Du träumst von Küssen und anderen Zärtlichkeiten ...

DAS IST NUR DER ANFANG!

Du und dein Spiegelbild

Wenn dich bisher noch nicht die Neugier gepackt hat, ist **JETZT DIE ZEIT REIF** dafür: Schau dich im Spiegel an, betrachte die Formen deines nackten Körpers, berühre sie und entdecke all seine versteckten Stellen, vor allem die, die sonst keiner sieht. Deinen Körper so zu kennen, wie er wirklich ist, ist der erste Schritt Richtung Sex.

Kann sein, dass du dich am Anfang schämst oder dir dein Spiegelbild nicht das zeigt, was du gerne sehen möchtest. **SCHLUSS MIT VORURTEILEN!** Vergiss Schönheitsideale, sie wechseln ständig.

Je wohler du dich in deinem eigenen Körper fühlst, desto schöner und attraktiver wirst du ihn finden – und die anderen werden es merken. **VERGISS GRÖSSE UND AUSSEHEN** von Penis, Brüsten oder sonst was. Das einzig Wichtige ist, dass du deinen Körper kennst und weißt, wie er auf Berührungen reagiert, was dir guttut und was nicht. Das steigert dein **SELBSTWERTGEFÜHL** und gibt dir Sicherheit, wenn du mit jemandem Sex hast!

Liebe deinen Körper und verbünde dich mit ihm! Das öffnet dir ein ganzes **UNIVERSUM AN EMPFINDUNGEN.**

LÜGENMÄRCHEN

CHUSITA räumt mit Mythen auf

»Je größer der Penis, desto mehr Spaß beim Sex.«

VON WEGEN! Die Größe vom Penis sagt überhaupt nichts über sexuelle Befriedigung aus. Hauptsache, du weißt, wie du ihn einsetzen kannst.

»Mädchen achten beim Sex nicht aufs Äußere.«

ACH JA?! Na klar tun sie das, genau wie Jungs! Aber natürlich ist das Äußere nicht alles. Gefühle sind für sie sehr wichtig, und die können auch durch andere Sinne angeregt werden.

»Jungs mit einer langen Nase (langen Füßen, Fingern ...) haben auch einen langen Penis.«

FALSCH! Es gibt überhaupt keine Beziehung zwischen den Größen einzelner Körperteile.

»Jungs denken immer und überall nur an Sex.«

SICHER?! Wenn es so wäre, würden sie nichts anderes tun. Zwar denken Jungs erwiesenermaßen öfter an Sex als Mädchen, aber weder Jungen noch Mädchen verbringen den ganzen Tag damit, an Sex zu denken.

»Um schön zu sein, muss ich gut rasiert sein.«

VON WEGEN! Wo Haare sind, ist auch Vergnügen! Schamhaare haben ihren Grund. Aber es kommt darauf an, wie du dich am wohlsten fühlst.

»Jungs, die sich noch nicht rasieren, sind doch Kinder ...«

SICHER? Ab wann Jungen ein Bart wächst, ist ganz verschieden; ob ein Junge sich schon rasiert, sagt weder etwas über die emotionale noch über die sexuelle Reife aus.

»Jungs stehen auf Mädchen mit großem Busen.«

AHA!? Klar zieht ein großer Busen Blicke auf sich ... aber ob einem Jungen ein Mädchen gefällt, hängt, abgesehen von Äußerlichkeiten und dem Umfang ihres Ausschnitts, ganz bestimmt von vielen anderen Dingen ab.

Beim Penis kommt es nicht auf Form und Größe an, sondern darauf, wie du ihn einsetzt.

O-TON CHUSITA

♀ DER MÄDCHEN-

Dein Körper hat an Größe und Umfang zugelegt, deine Hüften sind runder geworden, ebenso dein Po, die Taille ist ausgeprägter, dir sind Brüste gewachsen, man sieht deutlich deine Brustwarzen und höchstwahrscheinlich hast du deine Tage bekommen. All das zeigt: Du bist jetzt eine **FRAU** und das bedeutet: Dein Körper ist voll entwickelt. Also Vorsicht, du kannst schwanger werden. **UUUPS!** Verhütung nicht vergessen!

Ganz neue Gefühle

Bei so vielen Veränderungen ist es kein Wunder, dass dein Gefühlsleben durcheinander ist. Ständig bist du jetzt verliebt, fühlst dich zu anderen Menschen hingezogen – plötzlich sind da viel mehr Gefühle im Spiel als früher für einen Schauspieler oder Lieblingsstar. Dein **SEXUELLES VERLANGEN** erwacht – kein Grund zum Fürchten oder Schämen.

KÖRPER

Dein Körper produziert jetzt Hormone, die für deine körperlichen und emotionalen Veränderungen ebenso verantwortlich sind wie für die Steigerung der **LIBIDO,** also deines sexuellen Verlangens und deiner erotischen Fantasien.

Du erlebst einen Gefühlscocktail ohnegleichen, romantisch, erotisch, aufregend ... und du hast Lust, Dinge auszuprobieren und deine Verführungskünste zu testen.

Die **ERSTEN ERFAHRUNGEN** diesbezüglich können natürlich ganz schön unterschiedlich sein, deswegen solltest du deinen Körper gut kennen. Denn auch deine Genitalien haben sich verändert, sowohl vom Aussehen als auch von ihrem Verhalten her. Plötzlich scheint es, als besäßen sie ein unkontrollierbares Eigenleben ...

SEXHANDBÜCHER raten, einen Spiegel zu nehmen, um die Vaginalzone zu untersuchen. Mach das! Du wirst sehen, dass das, was du siehst, nichts mit den Zeichnungen aus dem Anatomiebuch zu tun hat. Das ist dort alles sehr verklärt, denn die natürliche Schönheit ist ... ziemlich **REAL!**

Erkunde deinen Körper

Der **Schamhügel oder Venushügel** ist das Dreieck über der Vulva, normalerweise vom Schamhaar bedeckt, und wird gern gestreichelt.

Die **Äußeren Schamlippen** sind die Hautlappen um die Vulva. Wenn du erregt bist, weiten sie sich.

Die **Inneren Schamlippen** sind die inneren Hautfalten. Sie reagieren sehr empfindlich, weil hier viele Nervenenden durchlaufen. Im oberen Teil verdecken sie die Klitoris. Wenn du erregt bist, werden sie größer.

Die **Klitoris** ist ein kleines Organ, mit lauter Nervenendungen ausgestattet und daher sehr berührungsempfindlich. Wenn du erregt bist, wird sie größer und härter.

Die **Scheidenöffnung** ist die Öffnung unter dem Harnausgang. Wenn du erregt bist, öffnet sie sich und wird feucht, um das Eindringen zu erleichtern.

Der **After** ist sehr berührungsempfindlich und lässt sich leicht stimulieren.

Eine Frage der Schönheit

Es bringt nichts, im Internet zu suchen, wie eine Vagina aussehen soll, denn **JEDE IST ANDERS.** Die eine hat größere Schamlippen, die andere einen mehr oder weniger stark ausgeprägten Venushügel ... und wenn dort Haare wachsen, hat das einen Grund! Sie schützen deinen Intimbereich vor Schmutz und Bakterien, halten ihn feucht und geschmeidig bis hin zu mehr Gefühl beim Sex.

Es geht nicht darum, einen perfekten Körper zu haben. Hauptsache, du **FÜHLST DICH WOHL IN DEINER HAUT.** Wenn du deinen Körper verändern willst, tu es bewusst, zum Beispiel mit Sport, gesunder Ernährung oder mit professioneller Unterstützung. Natürlich kannst du **DEINEN KÖRPER** mit echten Tattoos und Piercings **SCHMÜCKEN,** aber nimm dir Zeit, zu überlegen, ob dir das in ein paar Jahren wirklich immer noch gefällt. Vielleicht verwendest du fürs Erste lieber Tattoos zum Aufkleben oder Abwaschen.

Brüste und Brustwarzen

Mädchen machen sich **FURCHTBAR VIELE GEDANKEN** um die Größe ihres Busens, weil sie glauben, dass es das ist, worauf Jungs abfahren. Ist er groß genug, ist er straff genug? Schluss damit: Deine Brüste sind so, wie sie sind, und zwar wunderbar. Streichle sie und genieße es!

Sexuelle Lust ist normal. Schäm dich nicht dafür!

O-TON CHUSITA

Deine Brust und ganz besonders die Brustwarzen sind **ÄUSSERST BERÜHRUNGSEMPFINDLICH** und können dir viele lustvolle Momente bescheren.

Die Brustwarzen gehören zu den **EROGENEN ZONEN.** Wenn sie stimuliert werden, richten sie sich auf und werden hart, manchmal auch in unpassenden Momenten, wenn man durch deine Kleidung deine »Nippel« sieht.

Die Empfindlichkeit der Brustwarzen ist bei jedem Mädchen anders und zyklusabhängig. Kann sein, dass deine Brüste in den Tagen vor den Tagen brennen und nerven, kann aber auch sein, dass du gar nichts spürst oder sie während der Periode schmerzen. Mit der Zeit weißt du, wie das bei dir ist.

ICH AN DEINER STELLE ...

Bei mir ist eine Brust größer als die andere. Ich schäme mich unendlich! Und was ist, wenn mein Freund das sieht? **I. P., 14**

Du musst keinen Schreck kriegen und dir Sorgen machen, das ist NORMAL! Bei den meisten Mädchen wächst zunächst eine Brust und dann die andere, mit der Zeit gleicht sich das aus. Mach dir auf alle Fälle klar, dass es kaum einen Körper gibt, bei dem alles symmetrisch ist. Bei Jungs zum Beispiel kommt es auch vor, dass ein Hodensack größer ist als der andere. **CHUSITA**

Die Sache mit der Jungfräulichkeit

Die weibliche Jungfräulichkeit ... ein Thema für sich! Lass dich nicht abschrecken von dem, was die anderen sagen. Es liegt allein an dir, welche Bedeutung du ihm beimessen willst, je nachdem, was sich für dich richtig anfühlt. Früher war Jungfräulichkeit ein hohes Gut. Heute scheint das Gegenteil der Fall zu sein – als ob es darum ginge, sie so schnell wie möglich loszuwerden. Also bitte! Weder das eine noch das andere ist richtig.

Sex mit jemand anderem ist nicht die einzige Form, deine **SEXUALITÄT ZU LEBEN.** Du kannst tun, was dir gefällt! Du musst keine Beziehung haben, wenn du noch nicht so weit bist und Sex nicht dein Ding ist. Du kannst Streicheleinheiten und Küsse mit jemandem teilen, den du magst, du kannst dich aber auch selbst befriedigen ... Es gibt keinen Grund zur Eile, denn früher oder später kommt die **LUST VON ALLEINE.** Und dann hast du alle Zeit der Welt, deine Sexualität in deinem Tempo zu entdecken.

Das Jungfernhäutchen

Es gibt einen Teil in deinem Körper, der eng mit deiner Jungfräulichkeit verbunden ist: das Hymen. Um das Jungfernhäutchen ranken sich viele Mythen, dabei ist es **EINFACH NUR EIN TEIL DEINES KÖRPERS** und nichts weiter als ein dünnes Häutchen, das den Scheideneingang umgibt.

Normalerweise reißt es beim ersten Geschlechtsverkehr. Manchmal blutet es dann ein bisschen, aber die meisten Mädchen bekommen das gar nicht mit. In der Regel geht das Hymen weder bei Selbstbefriedigung noch beim Tamponeinführen oder beim »Fingern« kaputt. Aber **MACH DIR DARUM KEINE SORGEN.** Dein Körper kommt gut ohne das Jungfernhäutchen zurecht.

Was man noch so sagt

Brüste
Airbags
Busen
Möpse
Titten
Birnen
Hupen
Berge
Milchtüten
Balkon

Vulva
Mumu
Muschi
Schnecke
Pussi
Pflaume
Dose
Möse

Klitoris
Kitzler
Perlchen
Lustknopf
Erbse

Periode
Tage
Erdbeerwoche
Regel
Rote Tante
Ketchupwoche
Hormonsuppe

Hintern
Arsch
Heck
Popo
Allerwertester

♂ DER JUNGS-

Eines Tages stellst du fest: Dein Penis ist gewachsen, **VON HEUTE AUF MORGEN,** fast ohne dass du es bemerkt hast! Er ist nicht mehr einfach nur das Teil, mit dem du pinkelst, sondern führt ab sofort ein reges **EIGENLEBEN.** Deine Hormone spielen verrückt, entsprechende Bilder wecken sofort deine **SEXUELLE ERREGUNG** und feuern ungeahnte Signale in deinen Intimbereich. Du kannst nichts dagegen tun!

Wenn du also eines Morgens mit einem nassen Schlafanzug aufwachst, erschrick nicht. **FEUCHTE TRÄUME** sind zu Beginn der Pubertät völlig normal, weil dein Körper nun regelmäßig Sperma produziert – und es loswerden will. Was wiederum nichts anderes bedeutet, als dass dein Körper voll entwickelt ist. Also Vorsicht, ab jetzt kannst du Kinder zeugen! **UUUPS!** Verhütung nicht vergessen!

ICH AN DEINER STELLE ...

Mein Penis ist nicht groß, auch wenn er steif ist. Ich habe gehört, dass man ihn öfter benutzen soll, damit er wächst. Stimmt das? **J. J., 15**

Stimmt nicht. Vom ständigen Gebrauch wird dein Penis nicht größer, weil es sich dabei nicht um einen Muskel handelt. Aber er wird in den nächsten Jahren noch wachsen, bis er seine endgültige Größe erreicht. **CHUSITA**

Aber das ist **NICHT DIE EINZIGE VERÄNDERUNG** für deinen Körper: Nicht nur dein Penis wächst, auch deine Hodensäcke werden größer. Außerdem sprießen dir Barthaare, du kommst in den Stimmbruch, deine Muskeln werden definierter ...

Betrachte dich einmal in Ruhe, ohne Vorurteile: Kann sein, dass ein Hodensack größer ist als der andere, normalerweise der linke, oder tiefer sitzt und das Ganze ungleich aussieht. **DAS IST NORMAL.** Solange du noch im Wachstum bist, gleicht sich das alles aus.

Und du wirst merken: Dein Penis hängt jetzt nicht mehr nur schlaff herum, sondern wird öfter am Tag **STEIF.** Einfach so, zum Beispiel morgens beim Aufwachen oder wenn dich etwas besonders erregt. Und es kann vorkommen, dass du beim Zurückschieben weiße Schmiere unter deiner Vorhaut entdeckst. Das ist das sogenannte Smegma, das du regelmäßig beim Duschen abwaschen solltest.

KÖRPER

Es wird dir leider nicht erspart bleiben, deine eigenen Genitalien mit denen deiner Kumpels zu vergleichen, sei es in der Umkleidekabine, unter der Dusche oder auf öffentlichen Toiletten: Ist er größer, dicker, länger ... **KEINE PANIK!** Hauptsache, du kennst deinen Körper und fühlst dich wohl mit ihm. Ganz bestimmt hast du schon oft deinen Penis berührt, weil er einfach steif geworden ist und du das Gefühl hattest, ihn auf diese Weise beruhigen zu müssen. Und wenn es bis jetzt noch nicht so gewesen ist, stell dich darauf ein. Sich einen runterzuholen, ist völlig **GESUND UND NATÜRLICH.** Wir werden dem Thema später noch ein ganzes Kapitel widmen.

Erkunde deinen Körper

Der **Schaft** ist der lange Teil am Penis, der sich verlängert und steif wird, wenn du erregt bist.

Die **Vorhaut** ist die Haut, die die Eichel bedeckt und im Falle einer Beschneidung entfernt wird. Sie ist durch das Frenulum (Vorhautbändchen) mit der Eichel verbunden und lässt sich zurückschieben.

Die **Eichel** ist der empfindlichste Teil des Penis und zeigt sich, wenn du erregt bist.

Die **Harnöffnung** ist das Loch, aus dem Urin und Sperma austreten. Wenn du erregt bist, weitet es sich.

Die **Hodensäcke** werden hart und richten sich auf, wenn du erregt bist, denn sie sind sehr berührungsempfindlich. Die Drüsen im Inneren produzieren Sperma.

Der **Damm** ist die Verbindung zwischen Hoden und Anus und höchst berührungsempfindlich. Manche Menschen behaupten, hier säße der männliche G-Punkt, der sogenannte P-Punkt (Prostata-Punkt).

Der **After** ist eine hochsensible Stelle. Er reagiert sehr empfindlich auf Berührungen und Stimulationen.

Das **Sperma** ist die Flüssigkeit, die im Hoden produziert und beim Orgasmus ausgestoßen wird. Das nennt man Samenerguss oder Ejakulation.

Voll erregt

Wenn du als Junge erregt bist, fließt das Blut bis in den Penis, wo es dafür sorgt, dass du eine Erektion bekommst, dein Penis also dick, groß und steif wird. Das ist eine ganz normale Reaktion deines Körpers auf einen **REALEN ODER ERTRÄUMTEN REIZ.** Manchmal dauert eine Erektion nur ein paar Sekunden und verschwindet ebenso schnell, wie sie gekommen ist. Durch Stimulation kann sie bis zu einer halben Stunde dauern.

Jeder Mann, jeder Junge hat unterschiedliche Erektionen, es gibt da kein Standardmodell. Der Penis kann dabei nach oben zeigen, nach unten oder nach vorne und je nach Erregungszustand die Richtung wechseln. Manchmal, vor allem während der Pubertät, erleben Jungs **SPONTANE UND UNFREIWILLIGE** Erektionen. Wenn dir das passiert, während du alleine bist, solltest du dem keine große Bedeutung beimessen und es einfach genießen.

Problematisch wird es erst, wenn dein Penis im Beisein anderer im völlig unpassenden Moment steif wird und du die Situation meistern musst. Obwohl Schämen nicht angesagt ist, wirst du natürlich zuallererst versuchen, die Erektion zu unterdrücken oder sie zu überspielen. Auf alle Fälle solltest du dich deswegen **NICHT VERRÜCKT MACHEN,** früher oder später passiert das jedem! Atme tief durch, denke an jemanden, den du nicht leiden kannst, oder stelle dir eine unangenehme Situation vor, irgendetwas, was dich runterzieht. Unkontrollierte Erektionen geben sich mit der Zeit. Je besser du deinen Körper kennenlernst, desto besser kannst du deine Erregung kontrollieren.

Umgekehrt kann es dir passieren, dass du eine Erektion haben willst und keinen hochkriegst. Dann nimm's gelassen und mit Humor. Wenn es in diesem Moment nicht geht, klappt es beim nächsten Mal bestimmt. Garantiert handelt es sich um **EINE BLOCKADE** vor lauter Aufregung. Versuch dich einfach zu entspannen, dann wird er auch steif. Wenn es gar nie geht und du dir Sorgen machst, suche einen Arzt auf.

(K)Eine Frage der Größe

Wenn Jungs von etwas wie besessen sind, ist es die **GRÖSSE IHRES PENIS.** Aber bitte bloß kein Frust! Jeder Penis ist anders und es existiert nirgends ein Handbuch, in dem steht, welcher der perfekte ist, denn jeder ist es – wenn du ihn richtig einsetzt! Wenn du jemand anderen sexuell befriedigen willst, kommt es wirklich nicht auf die Größe an. Im Gegenteil, es kann sogar sein, dass ein sehr großer Penis dein Gegenüber eher einschüchtert.

Die Normallänge eines schlaffen Penis beträgt zwischen sieben und zehn Zentimetern, im Schnitt neun im nicht erregten Zustand. Wenn er steif ist, zwischen zwölf und siebzehn, im Schnitt dreizehn Zentimeter. Die Unterschiede sind groß! So groß, dass du wahrscheinlich schon von fünfundzwanzig Zentimetern gehört hast ...

... NUR EIN MYTHOS!

Nicht vergessen

Die männlichen Geschlechtsorgane sind viel mehr als Penis und Hoden. Vergiss nicht den **DAMM,** die Zone zwischen den Hodensäcken und After. Trau dich und stimuliere das eine wie das andere, und lass dich von den intensiven Lustgefühlen überraschen.

Was man noch so sagt

Eichel
Kuppe
Nudelkopf
Feuerwehrmann

Penis
Pimmel
Pullermann
Dödel
Glied
Kleiner Freund
Rute
Zauberstab
Schwanz

Hoden
Eier
Glocken
Sack
Gehänge
Gemächt

Erektion
Ständer
einen hochkriegen
Steifer
Latte

Sperma
Ejakulat
Wichse
Samen
Eierlikör

LUST

Sexuelle Erregung macht Lust und weckt in dir das Verlangen nach mehr, egal ob durch Streicheln, Massage oder Stimulation – und egal, ob allein oder mit jemand anderem. Das ist eine sehr intensive und besondere Erfahrung, die dir Spaß bringt, dich glücklich und zufrieden macht und einfach gut drauf sein lässt. Das ist **WIRKLICH EINE KUNST!**

Jeder von uns fühlt anders, und jeder Moment, jede Gelegenheit bringt uns auf unterschiedliche Art Spaß und Vergnügen, mal so, mal so. Sexuelle Lust ist nicht mit einem Orgasmus zu verwechseln, das sind zwei verschiedene Dinge, die nicht zwangsläufig voneinander abhängig sind. Es gibt unterschiedliche Grade und Phasen von Lust, sie kann immer intensiver werden und dann zu einem Orgasmus führen. Gleichzeitig solltest du wissen, dass du Sex besser genießen kannst, **JE MEHR ERFAHRUNG** du hast.

Um sexuelle Lust und Gefühle zu empfinden, musst du dich **DARAUF EINLASSEN,** zu experimentieren, zu genießen, es dir gut gehen zu lassen ... sowohl alleine als auch zu zweit! Sexuelle Lust kann auf unterschiedliche Weise entstehen, auch durch Bilder, Fantasien und Träume. Je nach Typ reagiert unser Körper darauf, mal mehr, mal weniger, abhängig von unserer Umwelt, unserer seelischen oder gesundheitlichen Verfassung. Lust ist **KEINE EXAKTE WISSENSCHAFT,** und was dich an einem Tag ins Weltall beamt, kann dir am nächsten Tag schon nicht mehr gefallen ... oder umgekehrt.

Kopfkino

Unser Kopfkino ist vielleicht die interessanteste Spielart sexueller Lust. Entspann dich und gib dich deinen sexuellen Fantasien hin, für einen kurzen, intensiven Moment. Erfinde dein persönliches Drehbuch für **EROTISCHE FANTASIEN,** und zwar mit dem Menschen, auf den du gerade scharf bist. Du kannst auf diese Weise anregende sexuelle Spielchen ausleben (mehr darüber im Kapitel Selbstbefriedigung).

Spiele zu zweit

Was sexuelle Erregung bedeutet und was dich heißmacht, entdeckst du wahrscheinlich am besten gemeinsam mit jemandem, den du magst, **SCHRITT FÜR SCHRITT UND IMMER INTENSIVER.** Vom Händchenhalten, dem ersten Kuss bis hin zum gegenseitigen Streicheln oder miteinander Schlafen gibt es viele, viele Momente, die dir jede Menge Spaß und Vergnügen bereiten können. Es gibt nur eine Regel zu zweit: Alles, was ihr macht, **MUSS EUCH BEIDEN GEFALLEN.** Gib dich deiner und eurer Lust hin – und erzwinge nichts.

KURIOSITÄTEN

Aus der Tierwelt: Menschen sind nicht die einzigen Lebewesen, die nicht ausschließlich zu Fortpflanzungszwecken Sex haben: Bonobos und Delfine machen es auch mal nur aus Spaß.

Aus dem Guinnessbuch der Rekorde: Ein Mann aus Mexiko hat den größten Penis der Welt. Er misst achtundvierzig Zentimeter! Aber die Größe macht ihn überhaupt nicht glücklich, er bezeichnet sich sogar als körperbehindert ...

Aus dem Kino: In der Filmkomödie *Harry und Sally* erklärt die Hauptfigur ihrem Freund, dass Frauen Meisterinnen im Vortäuschen sind, und spielt ihm einen Orgasmus vor – mitten im Restaurant!

Aus der Philosophie: Der Hedonismus ist eine alte griechische Lehre. Hedonisten sind demnach Menschen, deren Lebenszweck allein aus Lust und Vergnügen besteht.

Aus der Bibel: Sodom und Gomorrha sind zwei Städte, deren Bewohner sich der Bibel nach der fleischlichen Lust hingegeben und damit den göttlichen Zorn auf sich gezogen haben.

Immer mit der Ruhe

Wenn du wissen willst, was dir gefällt, probierst du es am besten erst einmal selbst an dir aus. Dazu musst du nicht nur wissen, wie dein Körper funktioniert, sondern auch, wie er fühlt, wo sich seine empfindlichen Stellen befinden, welche Dinge er mag und welche weniger ... und um das herauszufinden, **BRAUCHST DU ZEIT.**

In Filmen und Serien, in manchen Büchern und in der Gesellschaft, in der wir leben, erscheint Sex immer als etwas Wunderbares. Natürlich ist Sex etwas sehr Angenehmes und Lustvolles, aber es gibt **KEINEN GRUND, IHN ZU VERKLÄREN.** Nicht alle Erfahrungen sind wunderbar und nicht immer ist jeder in der Stimmung und bereit dazu.

Sexualität und sexuelle Lust entwickeln sich langsam, Schritt für Schritt, mit Geduld und Spaß an der Sache. Du solltest also nichts überstürzen und nur das tun, was dir gefällt. **RESPEKTIERE DIESE GRENZEN,** sowohl die deines Körpers als auch die deines Gegenübers. Wenn es jetzt gerade nicht passt ... die nächste Gelegenheit kommt bestimmt!

ICH AN DEINER STELLE ...

Wenn ich mir einen runterhole, komme ich nie zum Orgasmus, weil ich vor dem Höhepunkt abspritze. Stimmt mit mir was nicht? **A.G., 14**

Quatsch! Kein Grund zur Sorge, entspann dich. Das kommt vor, vor allem am Anfang, wenn Jungs einfach so ejakulieren. Mit zunehmender Erfahrung kriegst du das in den Griff. **CHUSITA**

Mit allen Sinnen

Sexuelle Lust entsteht auf ganz unterschiedliche Art und Weise. Unsere fünf Sinne helfen uns dabei. Traust du dich, Folgendes auszuprobieren?

Sehen: Dein Gegenüber zu betrachten und genau studieren, was alle sehen können, um dann zu entdecken, was normalerweise den Blicken verborgen bleibt, ist ein erotisches Spiel, das unter Garantie beiden Spaß macht. Von der ersten Verführung mit Blicken bis zu viel intensiverem Ansehen gibt es unendlich viele Möglichkeiten.

Hören: Zärtliche Worte und Liebesgeflüster tauschen, sich schweinische Wörter ins Ohr hauchen oder gemeinsam schweigen und sich gegenseitig atmen hören, ist absolut erregend! Wenn ihr dann noch gemeinsam eure Lieblingsmusik hört ... was willst du mehr?

Riechen: Wahrscheinlich zieht dich der Geruch deines Gegenübers an, ohne dass du es überhaupt bemerkst. Das liegt an den Pheromonen! Das sind natürliche Duftstoffe, die unser Körper, insbesondere unsere Sexualorgane ausströmen, um Partner anzulocken. Deswegen solltest du dich zwar waschen, aber nicht übermäßig mit Parfüm oder anderen künstlichen Duftstoffen besprühen.

Fühlen: Jemanden zu streicheln, ist viel mehr, als nur die Hand einfach irgendwo hinzulegen. Nimm zuerst nur eine Fingerspitze, später zwei oder drei, dann eine Hand oder beide, um deinen Partner zu streicheln und zu massieren. Schau zu, wie die Haut am ganzen Körper reagiert und sich die Härchen aufrichten ... ein höchst erotisches und lustvolles Spiel.

Schmecken: Der Mund ist zu viel mehr zu gebrauchen als nur zum Lachen oder Essen! Die Berührung der Lippen und sich gegenseitig mit seinen Küssen zu schmecken, ist absolut lust- und genussvoll. Aber der Mund ist nicht das einzige Körperteil, das du »probieren« kannst. Ebenso kannst du herausfinden, wie Hals, Schultern und jeder Winkel, jede Hautfalte deines Partners schmecken ...

Alles zu seiner Zeit

Sex soll sich **GUT ANFÜHLEN!** Wenn das nicht so ist, aus welchen Gründen auch immer, ist es immer besser, Nein zu sagen und es auf ein andermal zu verschieben.

DER WEIBLICHE

Der Orgasmus ist der Gipfel der sexuellen Lust, ein Moment der Ekstase, in dem die Welt stillsteht und sich der Körper irgendwo im Kosmos befindet ... Es ist jedoch nicht immer so einfach, einen **HÖHEPUNKT ZU ERREICHEN.** Meistens gelingt es nicht, auf Anhieb »zu kommen«, sondern erst nach einem ausgiebigen Vorspiel, wenn dein Körper und alle deine Sinne ausgiebig stimuliert und erregt sind.

Wahrscheinlich passiert das weder beim ersten Mal Masturbieren noch bei der ersten sexuellen Begegnung. Um einen Orgasmus zu kriegen, ist es das Beste, wenn du die empfindsamen Stellen und erogenen Zonen deines Körpers selbst gut kennst und weißt, wie du sie **BERÜHREN** musst.

Woran du einen Orgasmus erkennst:

- Du bekommst ein unglaublich intensives Gefühl im ganzen Genitalbereich, alles zuckt und bebt ....
- Herzschlag und Atmung werden schneller.
- Dauert normalerweise zwischen sechs und dreißig Sekunden, auch wenn man ihn bis zu einer Minute hinauszögern kann.

Lustpunkte

Die weiblichen Genitalien bieten **VIELE LUSTPUNKTE.** Einer von ihnen ist die Klitoris, und viele kommen nur zum Orgasmus, wenn sie dort stimuliert werden. Dann gibt es den »vaginalen Orgasmus«, der durch Reibung und Berührung in der Vagina entsteht. Der weibliche G-Punkt, den einige Sexualforscher etwa fünf Zentimeter an der Vorderwand der Vagina vermuten, aber nicht jedes Mädchen zwangsläufig kennen muss, kann ebenfalls für herrliche Orgasmen sorgen. Einen Orgasmus kannst du also durch Stimulation von Klitoris oder Scheide erreichen – oder durch beides.

Einen Orgasmus bekommst du nicht nur durch Geschlechtsverkehr, sondern auch durch Masturbieren oder intensive Stimulation deiner Lustpunkte. Manchmal kommst du beim Sex nur mithilfe zusätzlicher Fantasien oder wenn andere erogene Zonen deines Körpers erregt werden. Jede Frau hat ihren eigenen Orgasmus und jede einzelne kann wiederum ganz **UNTERSCHIEDLICHE ORGASMEN** haben, je nach Situation und Partner.

Obwohl es nicht so einfach ist und nicht gleich auf Anhieb geschieht, kannst du nach dem ersten Orgasmus gleich einen zweiten haben – und mehr! Multiple Orgasmen bei Frauen sind kein Mythos!

ORGASMUS

Ejakulieren Frauen?

Es gibt Leute, die glauben, der weibliche Orgasmus sei eine trockene Angelegenheit, aber das muss nicht immer so sein. In der Regel sind wir alle mehr oder weniger **FEUCHT,** weil das Scheidenmilieu nun mal feucht und flutschig ist, und wenn wir erregt sind, erst recht. Es kommt vor, dass manche Frauen eine klare Flüssigkeit absondern, wenn sie einen Orgasmus haben. Wenn dir das passiert, **RELAX!** Du hast dich nicht bepinkelt. Das nennt man weibliche Ejakulation und ist Ausdruck deiner ganz persönlichen Lust.

Wenn du beim Selbstbefriedigen ejakulierst, ejakulierst du höchstwahrscheinlich auch, wenn du mit deinem Partner zum Orgasmus kommst. **SCHÄM DICH NICHT** dafür, im Gegenteil. Ebenso kann es aber auch sein, dass dir das noch nie passiert ist und plötzlich, eines Tages ... kein Orgasmus gleicht dem anderen!

Echt ... oder vorgetäuscht!

Die weitverbreitete Ansicht, dass jede sexuelle Begegnung in einen gemeinsamen Orgasmus mündet, führt bei manchen Mädchen oder Frauen dazu, dass sie ihn ihrem Partner vortäuschen. Manchmal tun sie es, um dem anderen eine Freude zu machen, manchmal aus Angst und Unsicherheit. Andere behaupten, das Vortäuschen würde sie so sehr erregen, dass sie schließlich auch kommen. Wie dem auch sei, es gibt keinen Grund dafür. **VERSUCH, DU SELBST ZU SEIN,** und zeig dich so natürlich, wie du bist. Wenn dein Partner seinen Höhepunkt erreicht und du noch nicht so weit bist, gibt es keinen Grund, aufzuhören. Du kannst ihn bitten, weiterzumachen und dich zum Höhepunkt zu bringen – so habt ihr beide mehr Spaß!

DER MÄNNLICHE

Beim männlichen Orgasmus gibt es scheinbar weder Schwierigkeiten noch Geheimnisse. Aber stimmt das? Nicht alle Jungs sind gleich und ihre Orgasmen sind nicht immer so easy, wie alle tun. Am besten geht es, wenn du dich selbst gut kennst. Nimm dir die Zeit, die du brauchst, und genieße es, ohne ständig ans Ende zu denken. So fühlen sich deine Orgasmen **SOGAR LUSTVOLLER** an.

Der männliche Orgasmus wird immer mit der Ejakulation in Verbindung gebracht, aber beides muss **NICHT AUTOMATISCH** gleichzeitig stattfinden. Die meisten ejakulieren, sobald sie zum Höhepunkt kommen. Aber das ist nicht immer der Fall.

Manchmal wird der Höhepunkt ohne eine Ejakulation erreicht, wenn nämlich der Körper nicht genügend Sperma bereithält (beispielsweise vor der Geschlechtsreife oder durch häufiges Onanieren), man spricht dann von einem **TROCKENEN ORGASMUS.** Ganz selten gibt es dafür eine ernsthafte gesundheitliche Störung, die ein Arzt abklären kann. Dass Jungs weitermachen können und **MEHRERE ORGASMEN** hintereinander haben, ist auch recht selten. Bei manchen passiert das einfach von selbst, andere müssen diverse Techniken anwenden, um das hinzubekommen. Aber das ist ein anderes Thema.

Beim Samenerguss schießen zwischen zehn und fünfzehn Millionen Samenzellen mit einer Geschwindigkeit von etwa 50 km/h und bis zu zwanzig Zentimetern weit aus dir heraus!

Es kann auch vorkommen, dass du, wenn du gestresst oder nervös bist, kurz vor Schluss einfach kommst, ohne es richtig genießen zu können. In diesem Fall: Relax! Und bloß **NICHT FRUSTRIEREN LASSEN!** Übung und Erfahrung helfen hier am allerbesten.

Andere erogene Zonen

Der Penis ist nicht das einzige Organ, das Jungs Lust verschaffen kann. Der Orgasmus kann zum Beispiel noch intensiver werden, wenn gleichzeitig die Hoden gestreichelt werden. Und **NOCH VIEL MEHR!**

Eine der empfindlichsten und gleichzeitig am wenigsten bekannten erogenen Zonen beim Mann ist der sogenannte P-Punkt – P wie Prostata. Diese kleine Drüse, in der die Samenflüssigkeit produziert wird, liegt unterhalb der Harnblase, **IST HOCHEMPFINDLICH** und lässt sich am besten über den After finden. Du kannst sie von außen mit Massagen zwischen Hodensack und Damm stimulieren oder von innen mit den Fingern ... ohne Tabus!

ORGASMUS

Hinauszögern

Mit etwas Übung gelingt es, den Orgasmus zu verzögern, um ihn besser genießen zu können. Deswegen ist es wichtig, den **RICHTIGEN MOMENT ZU ERKENNEN.** Dass die Ejakulation unmittelbar bevorsteht, spürt man hauptsächlich daran, dass die Muskeln sich zusammenziehen und Atem und Herzschlag schneller werden.

Wenn du den Rhythmus veränderst, die Position wechselst, tief ein- und ausatmest und dich entspannst, kannst du **LÄNGER DURCHHALTEN,** ohne dabei deine Erektion zu verlieren.

Nach dem Samenerguss ist es normal, dass der Penis erschlafft. Die Zeit, bis ein Penis wieder steif wird, ist bei jedem Jungen anders und dauert zwischen fünf Minuten und ein paar Stunden. Alles eine Frage der Übung …

SEXUELLE IDENTITÄT

GESCHLECHT UND SEXUELLE ANZIEHUNG

Bevor du dich mit diesem Kapitel beschäftigst, schlage ich dir vor, **SÄMTLICHE STEREOTYPEN** über das Weibliche und Männliche einfach zu **VERGESSEN.**

Die **GESCHLECHTSIDENTITÄT** ist etwas sehr Intimes und ergibt sich unabhängig von irgendwelchen äußeren Faktoren. In den meisten Fällen bestimmen die eigenen Geschlechtsorgane über die geschlechtliche Identität. Aber es gibt auch Männer, die sich in ihrem Körper als Frau fühlen, und Frauen, die sich als Männer fühlen.

Sexuelle Orientierung

Auf der anderen Seite gibt es die individuelle **SEXUELLE ORIENTIERUNG,** die sich darin zeigt, wie sehr du dich von jemandem äußerlich angezogen fühlst, egal, ob vom eigenen Geschlecht oder nicht. Das ist nichts, worüber man bewusst entscheiden kann, es ist angeboren. Du kannst deine sexuelle Neigung in deinen Gedanken und Fantasien spüren, sie zeigt sich ganz von selbst und will gelebt werden.

Wer sich vom anderen Geschlecht angezogen fühlt, wird als **HETEROSEXUELL** bezeichnet. Wer sich von Menschen des eigenen Geschlechts angezogen fühlt, wird **HOMOSEXUELL** genannt, also schwul (Männer) oder lesbisch (Frauen); wer sich gleichzeitig von beiden Geschlechtern angezogen führt, wird bisexuell oder ambisexuell genannt.

Und, wie du auf den Seiten 44 und 45 sehen wirst, gibt es **NOCH VIEL MEHR** Begriffe für geschlechtliche Identitäten, mit denen du dich auseinandersetzen kannst. Lass dich in keine Rolle drängen und richte dich nicht nach dem, was man von dir erwartet. Niemand kann deine sexuelle Orientierung besser definieren als du selbst!

Zum Mitschreiben

LGTBQI ist die Abkürzung für Lesben, Gays, Transsexuelle, Bisexuelle, Queere und Intersexuelle. Meistens wird die verkürzte Form **LGTB** verwendet oder Varianten wie **LGBT** oder **LGBTQI.**

LÜGENMÄRCHEN

CHUSITA räumt mit Mythen auf

»Homosexualität ist eine Krankheit.«

LÜGE! Krank ist der, der so etwas im 21. Jahrhundert noch sagt. Homosexualität ist eine sexuelle Orientierung und hat mit dem Gesundheitszustand überhaupt nichts zu tun.

»Weibische Jungs sind schwul und Mannweiber sind Lesben.«

ACH JA? Stimmt nicht. Weder das Äußere noch bestimmte Hobbys noch der persönliche Geschmack sagen etwas über die sexuelle Orientierung eines Menschen aus. Ausschlaggebend ist allein, von wem man sich angezogen fühlt, egal, welches Geschlecht diese Person hat.

»Jungs, die sich gerne mal als Mädchen verkleiden, sind Transvestiten.«

WIE BITTE?! Das hat nichts zu bedeuten, und selbst wenn es so wäre ... auch egal. Jemand, der so was sagt, hat auf jeden Fall noch keinen Karneval erlebt!

»Wenn du als Kind Doktorspiele mit gleichgeschlechtlichen Kindern gemacht hast, bist du homosexuell.«

FALSCH. Alle Kinder, egal welchen Geschlechts, machen gerne Doktorspielchen, einfach nur aus Neugier. Und das hat überhaupt keine Folgen für ihre sexuelle Orientierung.

»Jungs, die weinen, sind Mädchen.«

WHAAAT? Soll das heißen, nur Frauen können weinen?! Weinen ist eine Notwendigkeit für jeden, die einen weinen mehr, die anderen weniger, egal, welchem Geschlecht sie angehören.

»Lesben sind absonderlich und hassen Männer.«

VON WEGEN! Nichts als ein dummes Vorurteil. Eine Lesbe kann genauso sonderbar oder nicht sonderbar sein wie eine Hetero-Frau.

»Um anderen zu gefallen, musst du super aussehen.«

WAS DU NICHT SAGST! Was für eine blöde Idee. Wenn nur die supergut aussehenden Menschen einander anziehend fänden – was sollten wir anderen dann machen?

Während der Pubertät ist es normal, ganz unterschiedliche sexuelle Erfahrungen zu machen. Finde deinen Weg!

O-TON CHUSITA

Anziehung und Gefühle

Nicht jedem von uns gefällt der gleiche Typ Mensch ... zum Glück! Bei dem, was uns anzieht, spielen alle unsere Sinne eine Rolle. **NIMM ERNST, WAS DU FÜHLST!**

Wenn dir jemand gefällt, **SPIELEN DEINE GEFÜHLE VERRÜCKT!** Du willst dieser Person so nahe wie möglich sein, sie berühren, dass sie dich berührt, du willst sie küssen, dass sie dich küsst ... eine starke körperliche und geistige Anziehung, manchmal auch ohne dass du verliebt bist. Solche Gefühle überkommen dich, wenn du sie am wenigsten erwartest, und vielleicht entdeckst du Seiten an dir, die du bisher nicht kanntest. Lass dich darauf ein und **FINDE HERAUS, WAS DU MAGST.**

Open your mind!

Wenn du dich körperlich und emotional von jemandem angezogen fühlst, wirst du schnell herausfinden, wie deine sexuelle Orientierung aussieht – obwohl sich das mit der Zeit auch noch ändern kann ... Das Wichtigste dabei ist, dass du für dich akzeptierst, was du bist, egal in welche Richtung du dich orientierst, und dabei alle anderen sexuellen Ausrichtungen respektierst.

KURIOSITÄTEN

In der Musik: Die österreichische Sängerin Conchita Wurst war die erste Frau, die sich beim Europäischen Songcontest mit einem Bart präsentiert hat, wobei sie mit sämtlichen Vorurteilen aufgeräumt und den Contest gewonnen hat.

In der Presse: Cara Delevingne und Lily-Rose Depp gehören zu den Celebritys, die erklärt haben, dass sie sich nicht zu 100 Prozent heterosexuell fühlen.

Im Kino: »Blau ist eine warme Farbe« erzählt das sexuelle Erwachen eines jungen Mädchens, das seine Neigung zu einem anderen Mädchen entdeckt. Der Film ist Kult bei Jugendlichen auf der ganzen Welt.

Auf der Bühne: Ein anderer Kultfilm, »Priscilla, Königin der Wüste«, hat das Phänomen der Dragqueen in den 90ern bekannt gemacht und tourt inzwischen als erfolgreiches Musical über die Bühnen der Welt.

In der Tierwelt: Homosexualität gibt es nicht nur bei Menschen. Man hat bei über 1.500 Tierarten homosexuelles Verhalten entdeckt, unter ihnen Insekten und Säugetiere.

Wichtig!

Wenn deine sexuelle Neigung nicht akzeptiert wird und du Probleme hast, suche dir Hilfe. Ob bei deiner Familie und Freunden oder beim Lesben- und Schwulenverband oder anderen LGTBQI-Gruppen. Dort findest du Unterstützung. Wenn sich jemand offen homophob verhält oder dich wegen deiner sexuellen Orientierung angreift, **LASS DIR DAS NICHT GEFALLEN!**

HETEROSEXUELL

Als heterosexuell wird jemand bezeichnet, der sich vom **ANDEREN GESCHLECHT** angezogen fühlt. Das ist die am häufigsten vorkommende sexuelle Orientierung in unserer Gesellschaft, auch wenn es genügend Menschen gibt, die an ihrer Heterosexualität zweifeln. Hör auf dich selbst und hab keine Angst. Fragen und Zweifel haben alle, egal welche sexuelle Orientierung sie haben.

Während sich deine Sexualität entwickelt, kann aus unterschiedlichen Gründen sowohl eine Frau als auch ein Mann **SEXUELLES VERLANGEN** bei dir wecken, und das hat erst mal nichts zu bedeuten. Es kommt auf die Beziehungen an, die du tatsächlich eingehst.

Wenn du ein Junge bist und dir ein Mädchen gefällt, denkst du höchstwahrscheinlich an Sex, wenn du sie siehst. Wenn du ein Mädchen bist und dir ein Junge gefällt, willst du ihn natürlich sofort zum Mann deiner Träume machen. – Wirklich? Das ist nicht immer so!

Übrigens …

Die Vorsilbe »hetero« bedeutet »anders«. Sie bezieht sich auf das andere Geschlecht und erlaubt dir, dich auf natürliche Weise fortzupflanzen. »Hetero« bedeutet aber NICHT »normal«, es handelt sich nur um eine sexuelle Orientierung.

Pass auf, dass du in einer Beziehung zwischen Mädchen und Junge nicht in **ALTE ROLLENMODELLE** verfällst. Kein Geschlecht ist stärker oder schwächer als das andere, ihr seid ganz einfach zwei Menschen, von denen jeder seine Stärken und Schwächen hat.

Unterschiedliche Körper

Du fühlst dich vom anderen Geschlecht angezogen, von einem **KÖRPER, DER GANZ ANDERS IST** als deiner, den du schon kennst. Klar haben wir alle in der Schule Sexualkunde gehabt, aber das macht uns noch lange nicht zu Experten! Wenn dir jemand gefällt, merkst du, was mit dir passiert und wie es dich erregt … aber wie reagiert und empfindet dein Gegenüber? Bestimmt hast du als Mädchen das Kapitel über den weiblichen Körper gelesen, und wenn du ein Junge bist, das über deinen. Falls du es nicht schon getan hast, lies bitte jetzt auch noch das Kapitel vom anderen Geschlecht!

Auf Augenhöhe

Manche sind sehr romantisch veranlagt, manche brauchen für alles viel Zeit, andere wieder sind sehr leidenschaftlich und zu allem bereit. Auf alle Fälle gibt es in jeder Beziehung verschiedene **RHYTHMEN UND GESCHWINDIG-**

ICH AN DEINER STELLE ...

Ich habe immer gedacht, ich bin hetero, weil ich Jungs mag und einen Freund habe. Aber letzte Nacht habe ich davon geträumt, mit einem Mädchen zu schlafen ... und ich fand's toll! Glaubst du, dass ich lesbisch bin? **E.G., 15**

Überhaupt nicht! Träume sagen nichts über die sexuelle Orientierung von jemandem aus, es handelt sich nur um Fantasien. Das passiert fast jedem von uns immer mal wieder: Heterosexuelle haben erotische Träume mit Menschen gleichen Geschlechts und Schwule bzw. Lesben träumen umgekehrt von Frauen bzw. Männern. Das hat überhaupt nichts zu bedeuten. **CHUSITA**

KEITEN, und wenn es sich um einen andersgeschlechtlichen Körper handelt, erst recht. Und nicht nur das! Das Wichtigste ist, dass jeder seine Bedürfnisse und Wünsche äußert und ihr mit Fingerspitzengefühl und in **GEGENSEITIGEM RESPEKT** aufeinander zugeht.

Sprüche und Klischees

MÄDCHEN müssen weder sexy noch besonders weiblich sein und **JUNGS** sich weder muskulös noch besonders stark zeigen, um besser anzukommen. Jede und jeder sollte sich nach Lust und Laune so geben, wie er oder sie nun mal ist, dann ergibt sich die erotische Anziehungskraft von ganz alleine.

Angeblich sind Mädchen sensibler und suchen eine feste und lange Beziehung, während Jungs eher oberflächlich sind und sich nur für Sex interessieren – je mehr sie ausprobieren können, desto besser. Aber das hängt, wie immer, von verschiedenen Faktoren ab. Sowohl Jungen als auch Mädchen wollen **LIEBE UND SEX,** während sie sich entwickeln, die einen mehr, die anderen weniger, je nachdem, wie es ihnen gerade geht und worauf sie gerade Lust haben.

Und von wegen Mädchen müssen warten, bis der Junge die Initiative ergreift, das ist so was von gestern! Natürlich können Mädchen ebenfalls **DEN ERSTEN SCHRITT MACHEN,** egal, ob es sich um ein Date handelt oder ums Küssen oder mehr. Auf alle Fälle gilt es immer den anderen zu **RESPEKTIEREN** und ihn weder zu überrumpeln noch ihm zu nahe zu treten. Am besten ist es, behutsam vorzufühlen, und noch besser, zu fragen, ob der andere mit dir zusammen sein mag, bevor du ihn mit deinen Küssen überfällst.

HOMOSEXUELL

Wenn du dich zu Personen **DEINES EIGENEN GESCHLECHTS** hingezogen fühlst, kann es passieren, dass dich deine eigenen Gefühle zunächst erschrecken und verunsichern. Entspann dich! Lesbisch oder schwul zu sein, ist eine sexuelle Orientierung wie jede andere, ebenso natürlich und achtbar wie Heterosexualität. Es gibt keinen Grund, sich für seine Homosexualität zu schämen oder sich damit zu verstecken. **SEI EINFACH DU SELBST!**

Früher sahen sich Heranwachsende vielen Problemen und Schwierigkeiten ausgesetzt, wenn sie irgendwann herausfanden, dass sie schwul waren. Heutzutage triffst du diesbezüglich zum Glück auf viel mehr Toleranz. Es kann natürlich trotzdem passieren, dass du dir blöde Sprüche anhören musst. **KÜMMERE DICH NICHT UM DAS, WAS DIE ANDEREN SAGEN,** wichtig ist, dass es dir gut damit geht.

Du bist nicht allein!

Du musst niemandem etwas vormachen und schon gar nicht deine sexuelle Orientierung verleugnen, das macht dich nur unglücklich. Besser, du erzählst den anderen davon, vor allem den Menschen, die dir nahestehen. Denn höchstwahrscheinlich **UNTERSTÜTZEN** dich deine Freunde, Eltern, Geschwister und Lehrer und helfen dir, wenn du sie brauchst.

Sappho, eine griechische Dichterin der Antike, hat auf der Insel Lesbos über weibliche Liebesbeziehungen geschrieben. Daher die Bezeichnung »lesbisch«.

Vergiss das Klischee!

Es gibt keinen Standard-Schwulen und auch kein Modell für eine lesbische Frau. Weder müssen sich die einen zieren noch die anderen besonders männlich verhalten. Es gibt **SCHWULE UND LESBEN JEDEN TYPS,** und es gibt kein körperliches Merkmal, das darauf hinweist.

Ebenso wenig muss ein homosexuelles Paar das Rollenmodell für heterosexuelle Paare reproduzieren, das uns täglich von den Medien und der Gesellschaft um die Ohren geknallt wird. In einer Beziehung muss sich keiner von beiden weder der explizit »weiblichen« oder »männlichen« Rolle verschreiben.

JEDE*R IST, WIE ER/SIE IST.

Auf der gleichen Wellenlänge!

Wenn du dich von Menschen deines eigenen Geschlechts angezogen fühlst, kann es vor allem zu Beginn schwierig sein, zu erkennen, ob jemand für homosexuelle Beziehungen offen ist oder nicht. Höchstwahrscheinlich überkommen dich tausend Zweifel, und du weißt nicht, ob du lieber vorsichtig sein oder voll rangehen sollst!

Hier ein paar Tipps, die nie verkehrt sind:

Bevor du jemanden ansprichst:

- Finde heraus, ob diese Person die LGTB-Kultur als normal empfindet.
- Teste vorsichtig aus, ob sie für deine Nähe empfänglich ist.
- Versuche dich so zu verhalten, dass sie sich in deiner Gegenwart wohlfühlt, und frag nach, ob es so ist.
- Sei nicht ungeduldig und überstürze nichts, mit Ruhe und Gelassenheit erreichst du mehr.
- Erkläre dieser Person deine sexuelle Orientierung und was du für sie empfindest.
- Wenn sie nicht darauf eingeht, insistiere nicht, denn sie kann sich beleidigt fühlen und das Nachsehen hättest du.
- Wenn sie dir während eures Gesprächs ständig auf die Lippen schaut … nur zu! Sie will dich ganz bestimmt küssen!

JENSEITS ALLER

Neben Homo- und Heterosexualität gibt es noch viele andere Möglichkeiten, seine Sexualität zu leben. Wenn du dir bezüglich deiner Neigung noch nicht sicher bist, mach dir keinen Stress, du musst dich jetzt noch nicht entscheiden. Lass dich nicht von den anderen beeinflussen, vergiss Klischees und Vorurteile und sei vor allem **DIR SELBST TREU.** Hör auf deine Wünsche und Gefühle, lerne dich kennen und akzeptier dich so, wie du bist, sei glücklich und lebe deine Sexualität.

Die Bandbreite sexueller Orientierungen und Identitäten zu kennen, kann dir helfen, deine eigene herauszufinden und entsprechend zu leben.

Bisexuell oder pansexuell

Wenn sich jemand sowohl zu **MÄNNERN** als auch zu **FRAUEN** hingezogen fühlt, spricht man von Bisexualität.

In der Regel finden das die meisten Menschen erst mit der Zeit heraus, nachdem sie verschiedene Erfahrungen gemacht haben. Zum Beispiel fühlen sie sich zunächst heterosexuell oder homosexuell und merken später, dass sie mehr von beiden Geschlechtern wollen.

Heutzutage gibt es auch die Bezeichnung »pansexuell« für Menschen, die sich, ungeachtet ihrer eigenen Geschlechtsidentität, in eine andere Person verlieben.

Schon gewusst?

In einigen Ländern wie Indien, Kanada und seit Kurzem auch Deutschland wird offiziell ein drittes oder neutrales Geschlecht anerkannt. So müssen sich Transgender oder Intersexuelle weder als Mann noch als Frau definieren.

Transsexualität und Transgender

Das biologische Geschlecht ist eine Sache, die **GESCHLECHTSIDENTITÄT** eine andere. Es gibt Menschen, die fühlen sich im falschen Körper geboren. Sogenannte Transsexuelle lassen sich dann auf eigenen Wunsch hin umoperieren, um die körperliche ihrer sexuellen Identität anzupassen. Sogenannte Transgender fühlen sich ihrem biologischen Körper zwar ebenfalls nicht zugehörig, lehnen aber eine Geschlechtsumwandlung ab.

In beiden Fällen, ob transsexuell oder transgender, gibt es keine Festlegung auf die sexuelle Orientierung. Diese Menschen können sich also wie jeder andere auch vom gleichen Geschlecht ebenso angezogen fühlen wie vom anderen.

SCHUBLADEN

Androgyn oder bigender

Es gibt Leute, die sich weder als Frau noch als Mann sehen, sondern **BEIDE IDENTITÄTEN** leben, sowohl ihre männliche als auch ihre weibliche. Oder sie fühlen sich in manchen Situationen als Mann, in anderen als Frau. Wenn das bei dir auch so ist, lebe es einfach aus! Du musst dich nicht festlegen, wenn du dir selbst nicht darüber im Klaren bist.

Asexuell oder demisexuell

Es gibt Menschen, die haben überhaupt **KEIN INTERESSE** an Sex, sind also »asexuell«. Das bedeutet nicht, dass sie überhaupt keine Lust haben, Leute zu treffen, denn natürlich haben sie emotionale oder intellektuelle Bedürfnisse. Die Bezeichnung »demisexuell« steht für Leute, die erst sexuelles Verlangen entwickeln, wenn sie in einer **SEHR, SEHR FESTEN** Beziehung sind.

VORAB …

BEZIEHUNGEN

Sobald du zum ersten Mal sexuelles Verlangen für jemanden verspürst, kann daraus eine **BEZIEHUNG** entstehen, welcher Art auch immer. Ihr mögt euch, seid zusammen, küsst euch, habt etwas miteinander … zwischen dem ersten Kribbeln und einer festen Beziehung gibt es viele Schritte. Aber nicht jede Beziehung muss zu einer festen werden. Manche entwickeln sich mit der Zeit zu einer stabilen Beziehung, andere sind vorbei, bevor sie überhaupt begonnen haben.

Es ist nicht immer nötig, **EURER BEZIEHUNG EINEN NAMEN ZU GEBEN,** denn vielleicht weißt du noch nicht, ob ihr einfach nur eine Affäre habt oder mehr … die Zeit wird es zeigen.

Erwartungen?

In vielen Köpfen steckt noch das Muster »verliebt, verlobt, verheiratet« … aber **WIR SIND JUNG** und wir brauchen noch nicht gleich so langfristig zu planen. Ebenso wenig sollte man Liebesbeziehungen mit bloßem Sex verwechseln und umgekehrt. Weder müssen zwei Menschen, die seit einiger Zeit zusammen sind, zwangsläufig miteinander schlafen, noch brauchen zwei, die sich eben erst kennengelernt haben, unbedingt auf Abstand zu bleiben.

Spielarten von Liebe

Unerwiderte Liebe: Einer von beiden ist total verknallt und der andere … merkt es nicht mal.

Platonische Liebe: Beide verstehen sich super, aber … wird daraus mehr? Wenn kein Funke überspringt, wohl eher nicht.

Körperliche Liebe: Die körperliche Anziehung ist eindeutig, beide begehren einander. Aber ob das Liebe ist?

Romantische Liebe: Beide wollen sich dauerhaft binden. Vorsicht mit zu viel rosaroter Brille!

Erfüllte Liebe: Anziehung, Leidenschaft, Romantische Schwärmerei oder was auch immer haben zu intimen Momenten geführt. Jetzt liegt das ganze Leben vor dir!

Verflossene Liebe: Die Chemie stimmt nicht mehr oder man entwickelt plötzlich Leidenschaft für jemand anders: klares Zeichen für das Ende jeder Beziehung!

LÜGENMÄRCHEN

CHUSITA räumt mit Mythen auf

»Mädchen müssen auf ihren Traumprinzen warten.«

Ich sage es euch gleich: Den GIBT ES NICHT**.** Trotzdem warten und warten Mädchen, beeinflusst durch Medien und Märchen, darauf, dass er irgendwann vor ihnen steht ... höchstwahrscheinlich kommt er nie.

»Jungs mögen Mädchen, die rangehen.«

NICHT IMMER! Es ist eher so, dass Jungs sich von solchen Mädchen eingeschüchtert fühlen, genau wie Mädchen von Jungs, die das tun.

»Du musst mindestens sechs Monate mit jemandem zusammen sein, bevor du mit ihm ins Bett gehst.«

ES GIBT KEINE REGEL! Es gibt Leute, die warten sogar noch länger, ein Jahr, zwei oder wie lange sie eben brauchen. Andere wiederum haben Sex, sobald sie sich kennengelernt haben.

»Wenn Schluss ist, könnt ihr die besten Freunde sein.«

AUFGEPASST! Sind wir mal realistisch: Wenn ihr eine Beziehung hattet und einer von euch Schluss macht, kann sich der andere trotzdem noch Hoffnungen machen. Haltet lieber erst einmal Abstand und entscheidet später, ob ihr Freunde bleiben wollt.

»Wenn ein Junge schon viele Freundinnen hatte, ist er ein toller Hecht, ein Mädchen, das mit vielen Jungs zusammen war, dagegen eine Schlampe.«

VON WEGEN! Mädchen wie Jungen haben das Recht darauf, so viele Beziehungen einzugehen, wie sie Lust haben, mit wem auch immer. Es gibt weder einen Grund, darauf besonders stolz zu sein, noch es zu verurteilen.

»Erst wenn du deine ›bessere Hälfte‹ gefunden hast, fühlst du dich komplett.«

SICHER? Das mit der ›besseren Hälfte‹ ist noch so ein Klischee, das in einer Beziehung für viele Probleme sorgen kann. Idealerweise sollten wir vor allem eins mit uns selbst sein, um Liebe und Erfahrungen mit dem Menschen teilen zu können, mit dem wir das möchten. Und wenn du dich verliebst, umso besser!

Liebe und Sex gehören nicht zwangsläufig zusammen.

O-TON CHUSITA

WELCHE SORTE BEZIEHUNG HABT IHR?

Dir gefällt jemand ziemlich gut, und so wie es aussieht, gefällst du ihm auch. Mache diesen Test, zähle die Herzchen zusammen und finde heraus, wie ihr zueinander steht!

Wenn ihr euch zufällig trefft ...

- ♥ Zeigt er/sie sich schüchtern und unbeholfen und schaut weg.
- ♥♥ Schaut er/sie dich begeistert an und lächelt.
- ♥♥♥ Zwinkert er/sie dir zu, kommt her und geht aufs Ganze.

Am Telefon ...

- ♥ Er/sie hat deine Nummer nicht, und wenn er/sie sie hat, meldet er/sie sich nicht.
- ♥♥ Wenn ihr telefoniert, dann nur, um etwas zu klären oder auszumachen.
- ♥♥♥ Er/sie schreibt dir oder ruft dich ständig an und zeigt dir, dass er/sie verrückt nach dir ist.

Wenn ihr euch verabredet ...

- ♥ Seid ihr immer in Gesellschaft.
- ♥♥ Auch wenn ihr mit anderen unterwegs seid, redet ihr ständig miteinander.
- ♥♥♥ Hängt ihr wie Kletten aneinander.

Seine/ihre Freunde und Freundinnen ...

- ♥ Kennst du kaum.
- ♥♥ Du verstehst dich gut mit ihnen, aber auch nicht mehr.
- ♥♥♥ Sind total nett zu dir.

Wenn du deinen Look änderst ...

- ♥ Bekommt er/sie es kaum mit und sagt nichts.
- ♥♥ Macht er/sie dir ein Kompliment.
- ♥♥♥ Fragt er/sie, wann du das gemacht hast, und sagt, dass es super aussieht.

Wenn dich jemand anmacht ...

- ♥ Stört ihn/sie das nicht.
- ♥♥ Schickt er/sie diese Nervensäge sofort weg.
- ♥♥♥ Nimmt er/sie dich in den Arm und küsst dich, um sein/ihr Revier zu markieren.

Wenn du schlecht drauf bist und jemanden zum Reden brauchst ...

- ♥ Würdest du am liebsten mit ihm/ihr reden, rufst aber deine/n beste/n Freund/in an.
- ♥♥ Du rufst ihn/sie an, aber er/sie geht nicht ran oder hört dir nicht richtig zu.
- ♥♥♥ Ist er/sie sofort dran und tröstet dich.

AUSWERTUNG

(7♥ bis 10♥)

Gar nichts

Eure Beziehung ... scheint keine zu sein! Vergiss diese Person, suche dir jemand anderen oder findet endlich eure gemeinsame Wellenlänge.

(11♥ bis 14♥)

On-Off-Beziehung

Eure Beziehung ist wie eine Achterbahn. Kann sein, dass ihr euch mögt und ab und zu verabredet. Aber es ist nichts Ernstes!

(15♥ bis 18♥)

Da läuft was

Da ist etwas Besonderes zwischen euch, ihr mögt euch. Und ihr habt beide Lust auf mehr. Mal sehen, wer den ersten Schritt macht ...

(19♥ bis 21♥)

Macht es offiziell!

Ihr seid wie für einander gemacht, lebt wie auf einer Wolke. Wenn ihr es bisher noch nicht gemacht habt, worauf wartet ihr noch? Bekennt euch zu eurer Beziehung!

KURIOSITÄTEN

Aus der Tierwelt: Schwäne sind eine der vielen Vogelarten, die für immer zusammenbleiben. Seepferdchen sind sich ebenfalls sehr treu. Man sagt sogar, dass sie aus lauter Liebe sterben, wenn sie ihren Partner verlieren.

Aus dem Theater: William Shakespeare erzählte die Geschichte von Romeo und Julia, zwei unglücklichen Liebenden aus Verona, die für ihre Liebe gestorben sind. Ein Klassiker, der unendlich oft verfilmt wurde.

Aus der Mythologie: Narziss war so unwiderstehlich schön, dass sich alle in ihn verliebten. Eine Göttin verdammte ihn dazu, sich in sein eigenes Spiegelbild zu verlieben. An dieser unerfüllbaren Liebe ist er schließlich gestorben.

Aus der Philosophie: Der griechische Philosoph Platon bezeichnet die ideale Liebe als unendlich, nur intellektuell erfassbar und perfekt. Was zunächst schön erscheint, wird so plötzlich unerreichbar.

Aus der Musik: Die Sängerin Britney Spears widmet sich in ihrem Song »Seal it with a kiss« der besonderen Beziehung von Freunden, zwischen denen heimlich mehr läuft.

DREIERGRUPPEN FÜR EIN REFERAT! MAX, LARA UND PABLO ...
GRUPPE 2: MAX, LARA, PABLO
MAX
14 JAHRE,
NEU IN DER KLASSE
LARA
14 JAHRE
PABLO
15 JAHRE
DU GLAUBST GAR NICHT, WIE GUT MIR MAX GEFÄLLT.
ICH WEISS NICHT, OB DU DA EINE CHANCE HAST ...
PSST, DA KOMMT ER.
SORRY, JUNGS,
ICH BIN KRANK UND BLEIB ZU HAUSE.
LARA KOMMT NICHT.

...
MAX, ICH HALTE DAS NICHT MEHR AUS!
...
SAG MIR, WENN ...
... ICH AUFHÖREN SOLL.

VERKNALLT

Check die Lage, sei nett und flirte ein bisschen, schreibe Nachrichten. Wenn der andere positiv reagiert, weißt du Bescheid!

O-TON CHUSITA

Verknallt sein oder nicht ... das ist hier die Frage! Jede Beziehung, wie auch immer sie genannt wird, fängt immer mit dem **GLEICHEN DILEMMA** an. Woher weißt du, ob dir jemand hundertprozentig gefällt? Und woher weißt du hundertprozentig, dass du dem anderen auch gefällst? Es gibt zum Glück ein paar Wege, das herauszufinden.

Bist du sicher?

Manchmal willst du einfach, dass dir jemand gefällt. Alle um dich herum sind verknallt und deswegen möchtest du auch endlich dieses aufregende, kribblige Gefühl im Bauch spüren. Du guckst dir jemanden aus ... und lässt dich mitreißen! Aber irgendetwas sagt dir, da passt was nicht. **IMMER MIT DER RUHE!** Versuche, diesen Menschen näher kennenzulernen. Mach dir eine Liste, warum du glaubst, dass du ihn magst (und liste bitte nicht nur die Äußerlichkeiten auf!). Höre vor allem auf dein Bauchgefühl und achte genau darauf, was du empfindest, wenn ihr zusammen seid.

Kleiner Tipp

Erzähl nicht jedem, wenn du verknallt bist, bevor du dir nicht sicher bist, dass der andere deine Gefühle erwidert. Das erspart dir Enttäuschungen!

Ja!

Es ist offensichtlich. Es gibt **JEMANDEN, DER DIR GEFÄLLT,** du kannst gar nichts dagegen tun. Du magst seine Art, zu sprechen, wie er sich kleidet, wie er geht ... Du siehst den anderen wie durch eine rosarote Brille, Fehler und Macken interessieren dich nicht. Wenn er nicht in deiner Nähe ist, kannst du nicht aufhören, an ihn zu denken. Und wenn ihr euch trefft, merkst du, wie sich das Kribbeln aus deinem Bauch langsam über deinen ganzen Körper zieht und dein Herz schneller schlagen lässt. **DU BIST VERLIEBT!**

Und der/die andere?

Das Erste, was dich beschäftigt, ist natürlich: Findet der oder die andere dich auch gut? Das Beste ist natürlich ... **KLARHEIT!** Es gibt jede Menge Anzeichen, ob deine Gefühle erwidert werden oder nicht. Um das herauszufinden, checke vorsichtig die Lage, verwickle dein Objekt der Begierde in nette Gespräche und **FLIRTE EIN BISSCHEN.** Achte auf die Reaktionen! Du merkst schnell, ob der andere auf deine Spielchen reagiert und mitmacht – oder nicht. Wenn nicht, akzeptiere, dass ihr nur befreundet sein könnt ...

Voll verknallt. Und jetzt?

Du magst den anderen und glaubst, dass deine Gefühle erwidert werden. Was machst du? **SAGST DU ES ODER NICHT?** Auch wenn es dir schwerfällt, trau dich! Schüchternheit ist hier nicht angesagt. Das heißt nicht, dass du die Sache überstürzen und den/die andere(n) bedrängen sollst. Wenn ihr euch mögt, passiert alles wie von selbst, wahrscheinlich genau dann, wenn du es am wenigsten erwartest. Aber wenn du dir ganz sicher bist ... sag es offen und ehrlich! **DANN WEISST DU, WORAN DU BIST.**

Signale! Du hast gute Chancen wenn er/sie ...

- Total aufmerksam dir gegenüber ist und die Augen nicht von dir lässt.
- Einen Umweg in Kauf nimmt, um dich nach Hause zu bringen.
- Deine Aufmerksamkeit sucht.
- Immer deine Posts liked.
- Im Chat immer als Erster antwortet, wenn du das Wort hast.
- Ganz aufgeregt und ungeschickt wird, sobald du in die Nähe kommst.

VERABREDET!

Wenn du dich mit jemandem verabreden willst, warte nicht darauf, dass der andere den ersten Schritt tut. Klar bist du unsicher, aber **VERGISS DEINE ÄNGSTE!** Schlage etwas Unverfängliches vor, wie zum Beispiel Kino oder Shoppen oder etwas trinken gehen. Wenn der- oder diejenige Nein sagt, ist das nicht schlimm, und wenn er Ja sagt: **VIEL SPASS!**

Du brauchst deinem Gegenüber nichts vorzumachen und ihn/sie schwer zu beeindrucken, zeig dich einfach nur **VON DEINER BESTEN SEITE.** Damit ist nicht allein das Äußere gemeint, du musst dich nicht stundenlang stylen. Sei du selbst und gib dich so natürlich wie möglich.

Das erste Date

Ihr seid verabredet und du bist völlig mit den Nerven runter! Das ist der typische Moment, in dem tausend Zweifel auftauchen. Vom typischen »Was ziehe ich an?« über »Werde ich ihm/ihr gefallen?« bis hin zu »Soll ich überhaupt hingehen?«. **IMMER MIT DER RUHE!**

Falle beim ersten Date nicht gleich mit der Tür ins Haus und taste dich langsam vor: Versuche die Hand des anderen zu berühren oder lege ihm/ihr sanft deinen Arm um die Hüfte, wenn ihr nebeneinander hergeht. Beim ersten Treffen kann alles passieren: Vielleicht umarmt

⚠ Stopp! Fehler, die du vermeiden kannst …

- Zieh dich beim ersten Date passend an, also nicht zu schick fürs Kino oder mit Jogginghose in den Club.
- Sei pünktlich, und wenn du dich verspätest, gib Bescheid. Dein Date könnte denken, du hast ihn/sie versetzt, und das ist kein schönes Gefühl.
- Erzähl keine Lügenmärchen, um Eindruck zu schinden, und versuch nicht, jemand zu sein, der du nicht bist. Sei einfach natürlich!
- Ehrlichkeit ist wichtig, aber erzähl nicht gleich alle deine Geheimnisse bei eurem ersten Treffen. Wenn ihr euch besser kennt, kannst du nach und nach auspacken …
- Wenn der oder die andere dich nicht mag, respektiere es.
- Rede nicht in einer Tour, um die Stille zu überbrücken, aber schweig auch nicht vor dich hin. Versuch, interessante Dinge zu erzählen, und höre zu.
- Lass deinen Charme spielen und bringe dein Gegenüber zum Lachen, aber ohne billige Scherze. Mache keine Witze auf Kosten deines Gegenübers und werde nicht vulgär.
- Steck dein Handy weg! Wäre zu blöd, wenn du dein erstes Date nicht mitbekommen würdest.
- Wenn er oder sie intensiv auf deine Lippen schaut … will er/sie dich höchstwahrscheinlich küssen!

ihr euch, vielleicht küsst ihr euch oder habt **LUST, EUCH ZU KÜSSEN,** tut es aber nicht. Hauptsache, ihr tut nur das, was ihr wirklich tun wollt. Es geht darum, herauszufinden, ob ihr euch wirklich mögt, auch wenn ihr euch woanders trefft als in der gewohnten Umgebung.

Danach ...

Kann sein, dass dir derjenige, mit dem du verabredet warst, nicht so gut gefällt wie erwartet, und du dich nicht noch mal mit ihm verabreden möchtest. Oder es ist der andere, der dich nicht mehr treffen will. In beiden Fällen: **BLEIB COOL!** Nimm es nicht so schwer. Es gibt so viele, mit denen du ausgehen und dich verabreden kannst. Garantiert bietet sich bald eine neue Gelegenheit!

Wenn du aber im Gegenteil eine gute Zeit hattest und die Sache wiederholen möchtest ... **SAG ES!** Mit dem zweiten Treffen ist es wie mit dem ersten: Manchmal traut sich keiner von beiden, es vorzuschlagen.

Erwarte nicht den Himmel beim ersten Date, du könntest enttäuscht werden.

O-TON
CHUSITA

FESTE(R)

Ihr seid zusammen, habt eine richtige Beziehung und jeder um euch herum weiß es. Die Sache ist ernst geworden und ihr nennt euch Freund und Freundin. **EIN PAAR ZU SEIN,** bedeutet, seine Gefühle mit jemandem zu teilen, aber nicht automatisch, 24 Stunden am Tag zusammen zu verbringen. Es ist gut, wenn jeder von euch weiterhin sein eigenes Leben hat und ihr außerdem ein gemeinsames zusammen. Ein Partner sollte dein Leben bereichern, nicht komplett verändern.

Veränderungen

Menschen sind, **WIE SIE SIND,** das eine können sie besser, das andere weniger gut. Natürlich kann jeder sein **VERHALTEN ÄNDERN** und das einschränken, was den anderen stört. Aber das ist manchmal nicht so einfach. Es gibt zum Beispiel Leute, die ziehen einfach alle Blicke auf sich und das ... lässt sich nicht vermeiden! Ganz gleich wie sie sich benehmen oder kleiden, weil sie nun einfach mal so sexy sind. Akzeptiere es und sei stolz darauf, dass du so eine(n) attraktive(n) Freund(in) hast! Etwas anderes ist es, wenn sich jemand sehr aggressiv verhält, den Partner beschimpft oder beleidigt. Wenn dein(e) Partner(in) sich so verhält, bitte ihn/sie, sich zu ändern, und falls er/sie sich nicht um eine bessere Wortwahl und freundlichere Verhaltensweise bemüht – vergiss es!

Es gibt verschiedene Paar-Typen: die einen müssen ihre Gefühle öffentlich zeigen, anderen ist nichts davon anzumerken. Alles ist möglich.

O-TON CHUSITA

Sex

Zusammensein bedeutet nicht automatisch von Anfang an, dass ihr eine sexuelle Beziehung miteinander haben müsst. **VON WEGEN!** Aber wenn ihr Lust habt und beide damit einverstanden seid, spricht auch nichts dagegen, gleich beim ersten Date übereinander herzufallen ... Es ist euer gutes Recht, zu tun und zu lassen, was ihr mögt und wann ihr mögt – ohne Druck und ohne Eile.

Spielregeln

- Respektiere immer die Privatsphäre des anderen und bitte darum, deine ebenfalls zu achten.
- Finger weg vom Handy deines Partners, und er/sie darf deines auch nicht checken. Das gehört sich nicht.
- Eure Beziehung ist eine Beziehung unter Gleichberechtigten, keiner bestimmt über den anderen.
- Vernachlässige nicht deinen Freundeskreis, nur weil du jetzt eine Beziehung hast. Natürlich geht ihr zu zweit aus, aber auch mal alleine!

FREUND(IN)

Eifersucht

Für Paare gibt es ein ungeschriebenes Gesetz: **TREUE.** Wenn ihr zusammen seid, ist es logisch, dass du mit keinem anderen etwas anfängst. Ihr könnt euch aber auch auf eine offene Beziehung einigen. Das ist eure Sache! Allerdings wird dann häufig einer eifersüchtig. V**ORSICHT!** Eifersucht darf nicht als Ausrede gebraucht werden, um den anderen dazu zu zwingen, sein Verhalten zu ändern, wenn es nicht wirklich einen handfesten Grund dafür gibt … und du dich entscheidest, dich zu trennen.

ICH AN DEINER STELLE …

Ich bin seit eineinhalb Monaten mit jemandem zusammen, und er hat mich gebeten, ihm Nacktfotos von mir zu schicken. Was soll ich tun? **F. T., 17**

LASS ES! Auch wenn es für den Moment witzig und verführerisch scheinen mag, könntest du es am Ende eurer Beziehung bitter bereuen. (Vergleiche auch das Kapitel »Aus dem Auge, aus dem Sinn«.) **CHUSITA**

DA LÄUFT WAS

Manchmal hast du mit jemandem ein Verhältnis, das schwer zu definieren ist. Er/sie ist nicht **DEIN/(E)** Freundin, denn zwischen euch gibt es keinerlei emotionale Verpflichtung. Aber ihr seid auch mehr als Kumpels – **»FREUNDE MIT GEWISSEN VORZÜGEN«**: Wenn es euch überkommt, läuft etwas zwischen euch.

Gemeint ist, du hast eine(n) Freund(in), mit der du fummeln, küssen oder rummachen kannst, wenn euch gerade danach ist. Ohne Verpflichtung, ohne Konsequenzen und ohne feste Verabredungen. Das hat **VOR- UND NACHTEILE.** Schwierig wird es, wenn einer von beiden sich verliebt. Dann ist es vorbei mit dieser Art von Beziehung.

Spielregeln

- Wenn ihr euch seht, heißt das nicht automatisch, dass ihr euch küsst.
- Du kannst dich mit anderen treffen und mit ihnen dasselbe tun.
- Wenn einer von euch keine Lust hat, gibt es keinen Stress.
- Ihr schmiedet weder Zukunftspläne noch verabredet ihr euch fürs nächste Mal.
- Ihr behaltet beide für euch, was da zwischen euch läuft.

Sex

Wie weit ihr geht, ist eure Sache. Normalerweise ist es so, dass ihr zunächst nicht mehr als flüchtige Küsse tauscht und ein bisschen herumfummelt. Und das **KRIBBELN ZWISCHEN EUCH STEIGT,** je öfter ihr euch trefft. Und je vertrauter ihr seid, desto eher sind spielerische Zärtlichkeiten, Küsse, intime Berührungen möglich ... alles, worauf ihr Lust habt!

Verwirrende Momente

Wenn zwei sich einig darüber sind, dass sie **KEIN PÄRCHEN** sein, aber trotzdem miteinander schlafen wollen, ist das erst mal völlig okay. Aber es kann auch kompliziert werden. Weil nämlich Berührungen immer mit Gefühlen einhergehen, kann diese Art von lockerer Beziehung für große Verwirrung sorgen. Deswegen ist es wichtig, offen und ehrlich miteinander umzugehen.

Es kann zum Beispiel passieren, dass es zwischen euch vorbei ist, weil einer von euch jemand anderen kennenlernt. Oder es ist aus, weil ihr euch nicht mehr so oft seht. Oder es passiert eben durch eure regelmäßigen Begegnungen, dass für euch beide aus Zärtlichkeit Liebe wird. Im schlimmsten Fall **VERLIEBT SICH** einer von euch **HOFFNUNGSLOS** und der andere erwidert diese Gefühle nicht. Hier müsst ihr möglichst schnell Klarheit finden.

☞ Spielarten

- **Ein(e) Freund(in), den/die du schon ewig kennst** und zu dem/der du genügend Vertrauen hast, um mit ihm/ihr etwas auszuprobieren, ohne Angst, dich binden zu müssen.
- **Ein(e) Klassenkamerad(in)**, mit dem/der du ab und zu rummachst, auf Ausflügen oder Feten. Aber wenn ihr euch in der Schule seht, ... seid ihr nur Freunde!
- **Club- oder Partybekanntschaft** – ihr trefft euch ab und zu und habt etwas miteinander, aber ihr wisst beide, dass es nichts Ernstes ist.

Ungleichheiten ausgleichen!

Wenn du dich in jemand verliebst und mehr willst, sorge für Klarheit!

- Finde heraus, ob es dem anderen genauso geht.
- Frage nach, ob er/sie sich für jemand anderen interessiert oder nur mit dir etwas hat.
- Brich die Regel und frage direkt, ob er/sie richtig mit dir zusammen sein will.
- Wenn er/sie das nicht will, ziehe dich zurück, du wirst sonst nur verletzt.

Wenn du merkst, dass der/die andere sich in dich verliebt hat und du nicht dasselbe für ihn/sie empfindest, gib keinen Anlass zu **FALSCHEN HOFFNUNGEN!** Sonst verlierst du ihn/sie endgültig als Freund(in).

ONE-NIGHT-

Manchmal triffst du jemanden – und plötzlich knistert es zwischen euch! Vielleicht ist es jemand, den du überhaupt nicht kennst. Vielleicht aber jemand, den du plötzlich mit ganz anderen Augen siehst. Und dann passiert da etwas zwischen euch!

Ein **ONE-NIGHT-STAND** ist für gewöhnlich eine spontane und **SEHR HEISSE** Angelegenheit – mehr als nur ein bisschen Herumknutschen. Es gibt keine Grenzen außer denen, die ihr euch selber setzt. Falls ihr Sex habt, müsst ihr natürlich ein Kondom benutzen! Es ist das einzige vertrauenswürdige Verhütungsmittel in einer spontanen Beziehung.

Dafür müsst ihr beide ähnliche sexuelle Bedürfnisse haben und ähnlich erfahren sein, damit ihr beide das Gleiche wollt und nicht einer schneller und weiter gehen möchte als der andere.

Wiederholung? Klar, wenn …

- Ihr eure Nummern ausgetauscht habt und euch gegenseitig Nachrichten schickt.
- Deine Nachricht sofort beantwortet wird.
- Ihr euch nett unterhaltet, wenn ihr euch seht.
- Der/die andere aufmerksam ist und sich für eure Treffen besonders hübsch macht.

Aus die Maus, wenn …

- Es Ewigkeiten dauert, bis er oder sie deine Nachrichten beantwortet, wenn überhaupt.
- Er oder sie dir ausweicht und verschwindet, sobald du auftauchst.
- Er oder sie mit allen und jedem flirtet.

Sexting

Sexting bezeichnet die digitale Modeerscheinung, sich gegenseitig erotische Fotos zu schicken. Das kann sehr gefährlich sein, denn du weißt nie, was mit diesen Bildern passiert, besonders wenn eure Beziehung eines Tages zu Ende ist. Es kann sogar vorkommen, dass du mit diesen verfänglichen Bildern erpresst wirst.

STAND

Spielregeln ☺

- Beide müssen sich einig sein, was sie da tun.
- Keiner von beiden muss sich genötigt fühlen, etwas zu tun, was er nicht möchte, noch sich verpflichtet fühlen, etwas fortzusetzen, was ihm nicht gefällt.
- Beide müssen sich gegenseitig versichern, dass sie sich schützen. Ohne Kondom kein Sex.
- Wenn es dir nicht gefällt, hör auf und gut ist.

Man kann ruhig einen ONS haben, aber Achtung! So was ist eine ziemlich heikle Angelegenheit. Es gibt null Absprachen und Verpflichtungen, was die Sache so kompliziert macht.

Wenn du dich mit jemanden darauf eingelassen hast, dann, weil ihr euch attraktiv und begehrenswert findet. Und wenn es auch noch gut war, denkst du am nächsten Tag womöglich, du bist total verliebt. Aber **ÜBERSTÜRZE NICHTS!** So spontaner Sex kann leidenschaftliche Ekstase bedeuten. Aber wenn ihr euch dann näher kennenlernt, merkst du möglicherweise sehr schnell, dass diese Angelegenheit nicht mehr ist als ... eine Bettgeschichte.

WENN ES AUS-

Bettgeschichte, Liebelei, feste Beziehung … ganz gleich welche Art von Beziehung du hast: Wenn du noch sehr jung bist, haben die meisten Geschichten mal ein **ENDE,** was manchmal sehr schmerzhaft und in anderen Fällen auch eine große Erleichterung sein kann. Schluss machen **GEHÖRT ZUM LEBEN** und fühlt sich jedes Mal anders an, egal wie viel Erfahrung du diesbezüglich schon gesammelt hast.

Vorsorge ist besser …

Stürze dich nicht blauäugig in eine Beziehung und mach dir klar: **ALLES KANN EIN ENDE HABEN.** Und du solltest dir auch darüber bewusst sein, dass alles, was du mit dem anderen geteilt hast, ob Fotos oder Geheimnisse, gegen dich verwendet werden kann, wenn es zwischen euch aus ist.

Regeln fürs Schlussmachen:

- Sag es von Angesicht zu Angesicht und nicht am Telefon oder in einer Nachricht.
- Wähle einen ruhigen und vor fremden Blicken geschützten Ort.
- Erkläre ehrlich, was los ist.
- Sei weder nachtragend noch hämisch.
- Versuche nicht, den anderen zu trösten.

EINANDERGEHT

So überlebst du Liebeskummer:

- Akzeptiere die Situation und versuche damit klarzukommen.
- Vergiss deine(n) Ex und mach dir nicht mit schmerzhaften Erinnerungen das Leben schwer.
- Du brauchst dich nicht vor lauter Traurigkeit zu vergraben. Geh aus und lass es dir gut gehen!
- Vermeide ein Wiedersehen mit deiner/m Ex, bis du dich stark genug fühlst.

Schluss machen

Wenn du derjenige bist, der Schluss macht, bist du **IM VORTEIL**. Klingt, als wäre es einfach ... ist es aber nicht! Versuche, so fair wie möglich zu bleiben, auch wenn das oft schwer ist. Die Sache **IM GUTEN** zu beenden, ist das Beste, was euch passieren kann.

Wenn du verlassen wirst ...

Wenn der/die andere die Beziehung beenden will, **IST DAS HART** und tut weh. Aber wenn der andere nicht mehr mit dir zusammen sein will, hat es keinen Sinn mehr. Mach dir keine Vorwürfe und **LEBE DEIN LEBEN** weiter. Du wirst wieder jemand anderen treffen.

DER PERFEKTE AUGENBLICK

Alles braucht seine Zeit und für alles kommt irgendwann der richtige Moment – du kannst nichts erzwingen. Aber du brauchst auch nicht ewig zu warten.

Oft ist es nicht leicht, herauszufinden, wann dieser Moment ist, weil du vielleicht unsicher bist. Immerhin kannst du **GELEGENHEITEN SCHAFFEN.** Das Wichtigste ist, dass du weißt, was du willst, und dich, wenn es sich gut anfühlt, ganz von deinen Gefühlen leiten lässt.

Aber wenn du Lust auf jemanden hast ... warum willst du warten, bis der andere anfängt? Lass dich nicht verunsichern! Wenn du meinst, dies sei der richtige Augenblick und ihr wollt es beide, **ÜBERNIMM RUHIG DIE INITIATIVE.**

Der erste Kuss

Wenn du jemanden zum ersten Mal küssen willst, falle nicht mit der Tür ins Haus. Es gibt kein Handbuch und kein Skript dafür, wann der richtige Moment ist, aber ein paar Sachen kann man schon falsch machen. Wenn es **DER ERSTE VON VIELEN** Küssen sein soll, wartest du besser, bis ihr allein seid. Hör auf dein Gefühl und versuche zu erspüren, wann der andere dafür bereit ist ...

Der erste sexuelle Kontakt

Nach dem ersten Kuss folgt noch einer und noch einer ... jetzt gibt es erst recht keinen Grund dafür, irgendetwas zu übereilen. Entdeckt euch und eure Körper! Ihr müsst **BEIDE LUST HABEN** auf den nächsten Schritt und es wollen. Erst dann könnt ihr überlegen, wo und wann das geschehen soll.

Sorg selbst für den perfekten Augenblick, statt ewig darauf zu warten. Sonst ist euer Date zu Ende, bevor ihr euch geküsst habt!

O-TON CHUSITA

DER IDEALE ORT

Kommt drauf an, wie du es anstellst, theoretisch kannst du überall alles tun ... obwohl es natürlich auch nicht sein kann (und auch verboten ist), dass alle Welt dabei zuschaut, wenn du Sex hast. Der Ort ist schon **WICHTIG,** denn ihr solltet ungestört sein. Ist doch klar, dass du

Wie und wo

Irgendwo in der Schule: Gut für einen kurzen Moment – zum Flirten, Küssen, Streicheln, aber nicht der Ort für mehr. Du kannst von der Schule fliegen!

Im Hauseingang/an der Haustür: Der typische Ort für den ersten Kuss ... und ein bisschen mehr, schließlich verabschiedet man sich dort! Aber besser ist es, rechtzeitig aufzuhören, wegen der Nachbarn – und deinen Eltern!

Im Park: Einer der Orte, an dem Pärchen normalerweise bei ihrem ersten Date für einen romantischen Spaziergang zu finden sind – um sich auf einer Bank oder auf der Wiese zu küssen. Nicht für mehr, denn dies ist ein öffentlicher Ort.

Im Kino: Die letzte Reihe ist ideal zum Händchenhalten und ein bisschen Streicheln, wenn das Kino nicht voll ist! Ihr müsst euch also einen nicht allzu bekannten oder beliebten Film aussuchen, aber selbst dann ist es nicht der beste Ort für die allerwildesten Dinge.

Im Club: Auch wenn ihr hier gut in der Menge abtauchen könnt und es sicher dunkle Ecken gibt, sind hier viel zu viele Leute. Ihr wollt schließlich keine Show abziehen.

Auf dem Klo: Oft für einen Quickie genutzt, auch wenn öffentliche Toiletten hinsichtlich der Sauberkeit einiges zu wünschen übrig lassen. Wenn du es dort tun möchtest, okay, aber wenn dir davon die Lust vergeht, warte lieber, bis ihr woanders seid.

Am Strand oder im Wald: Ein zauberhafter Ort im Freien, gut versteckt und vor neugierigen Blicken geschützt – wunderbar!

Zu Hause: Ohne Zweifel der allerbeste Ort, um euch körperlich anzunähern und auszuprobieren – wenn die Eltern nicht da sind oder euch in Ruhe lassen.

dich nicht entspannen kannst, wenn du dich beobachtet oder belauscht fühlst. Solange du noch bei deinen Eltern lebst, kann das für Diskussionen sorgen, je nachdem, wie offen sie mit dem Thema Sex umgehen.

Das war's nicht!

Die Zurückweisung eines Kusses oder einer körperlichen Berührung bedeutet nicht gleich das Ende aller Tage. Wahrscheinlich hat es für den anderen gerade einfach nicht gepasst und ganz bestimmt ergibt sich bald eine bessere Gelegenheit. Und wenn nicht, **MACH DIR KEINEN STRESS!** Andere Mütter haben auch schöne Söhne/Töchter, heißt es, und die passen womöglich besser zu dir ...

Alles okay – aber du nicht

Manchmal scheint alles zu stimmen: ein intimer Moment, ein ruhiger Ort, an dem euch keiner stört, aber ... **IRGENDETWAS PASST NICHT.** Dein Bauchgefühl sagt Stopp, bis hierhin und nicht weiter. Fühle dich nicht verpflichtet, etwas zu tun, worauf du keine Lust hast, so günstig dir die Gelegenheit auch erscheint. Wenn du nicht ganz sicher bist, dass du willst, bist du eben **NOCH NICHT SO WEIT.** Mach dich nicht verrückt und erkläre in aller Ruhe und Entschiedenheit, dass du nicht willst. Trau dich und sag Nein!

DIE PASSENDE

Mal abgesehen von passenden Umständen ist das Wichtigste an einer Beziehung natürlich dein Partner! Er oder sie muss genauso viel Interesse daran haben, sich dir emotional und sexuell zu nähern, wie du ihm oder ihr, denn Sex darf man **NIEMALS ERZWINGEN!** Wenn der andere nicht weitermachen will und Nein sagt, musst du das respektieren!

Von Liebe zu Sex

Wenn du jemanden gefunden hast, kann alles ganz schnell gehen oder die Dinge entwickeln sich langsam Schritt für Schritt. Jede Beziehung hat ihren **EIGENEN RHYTHMUS!** Und verwechsle Liebe nicht mit Sex! Mit jemandem leidenschaftlich und wild rumzumachen, bedeutet nicht gleichzeitig die große Liebe. Ebenso wenig muss Verliebtsein unbedingt heißen, dass ihr Sex habt.

Einfach abwarten

Pech ist, wenn für dich die Sache perfekt läuft und du dich bereit fühlst, der oder die **ANDERE** aber **NOCH NICHT SO WEIT** ist. Jeder hat seine eigene Geschwindigkeit. Respektiere das. Es gibt viele andere schöne Dinge, die ihr gemeinsam tun könnt. Mach dem anderen keinen Druck und keine Vorwürfe, damit dein Gegenüber sich wohlfühlt. So wird er oder sie dir irgendwann von sich aus zu verstehen geben, dass er/sie mehr will!

Da geht noch was!

Ihr müsst nicht gleich miteinander schlafen, es gibt da **VIELE VORSTUFEN,** die ihr intensiv genießen könnt. Ihr könnt euch küssen, streicheln und Körper und erogene Zonen des anderen kennenlernen. Jeder von euch kann hier seine eigenen Grenzen setzen und herausfinden, was er mag und was nicht.

PERSON

Das erste Mal

Ihr seid euch sicher, ihr wollt es, und ihr traut euch! Aber ... erwartet keine Sensationen! So gut ihr auch zusammenpasst und Ort und Zeit perfekt sind, das erste Mal ist fast nie so toll, wie du es dir erträumt hast. Unter uns gesagt: Es ist ein ziemlich **ÜBERBEWERTETER** Moment. Sex gehört zu den Dingen, die immer besser werden, je mehr Übung man darin hat.

Völlig unvorhergesehen

Du hast weder damit gerechnet, den/die Richtige(n) zu treffen, noch scheint der Ort geeignet und der passende Moment ist es schon gar nicht – aber es ist passiert! Die Leidenschaft kam, als du es am wenigsten erwartet hast, und du hast dich ihr nur allzugern hingegeben. Wie schön! **NICHTS, WAS DU BEREUEN SOLLTEST!** Nur denk daran, ein Kondom zu verwenden.

Sag Nein

Nach dem ersten gibt es ein zweites, drittes und viele weitere Male. Aber »es« mit jemandem getan zu haben, bedeutet nicht, dass sich das wiederholen muss. Es gibt hier **ÜBERHAUPT KEINE VERPFLICHTUNG.**

Es gibt jedoch Situationen, da **MUSST DU NEIN SAGEN.** Auch wenn es mitten im wildesten Petting ist, stoppe die Sache, wenn ihr beispielsweise kein Kondom habt. Oder wenn dich irgendetwas stört oder dermaßen abturnt, dass du unmöglich weitermachen kannst. **BLEIB STANDHAFT,** nimm Rücksicht auf deine Gefühle und verlange vom anderen, dass er sie respektiert.

ICH AN DEINER STELLE ...

Ich bin mit einem Mädchen zusammen, das ich sehr gerne mag, aber ich fühle mich noch nicht bereit, mit ihr zu schlafen. Sie will unbedingt und hat sich sogar schon nackt vor mir ausgezogen, was mir unglaublich peinlich war. Ich verstehe nicht, was mit mir los ist. Bin ich krank? **J. P. G., 15**

Nein, gar nicht, offensichtlich bist du nur einfach noch nicht so weit. Nimm es ruhig und gelassen. Erkläre deiner Freundin, dass ihr in eurer Entwicklung unterschiedlich seid, und versichere ihr gleichzeitig, dass du verrückt nach ihr bist, damit sie nicht denkt, dir liegt nichts an ihr. Ich bin sicher, es dauert nicht mehr lange bei dir! **CHUSITA**

FREITAG ...
KOMMT, WIR SUCHEN UNS EIN ZIMMER ...
...
ALSO ...
STELL DICH NICHT SO AN!
SORRY, OHNE MICH ...

...
...
MONTAG
DIENSTAG
MITTWOCH
...
ES TUT MIR LEID!
KOMMST DU AM SAMSTAG MIT AUFS KONZERT?
BLIP!
AUFS KONZERT?
KLAR! DU HAST MIR GEFEHLT!

SCHÜTZ DICH!

Bevor du zum ersten Mal Sex hast, mach dir klar, dass Sex nicht nur Spaß macht, sondern auch jede Menge gesundheitliche Risiken mit sich bringen kann – und die solltest du **UNBEDINGT** kennen. Nur so kannst du deiner Verantwortung gerecht werden und dich vernünftig verhalten. Wenn du dich nicht ausreichend schützt, riskierst du eine ungewollte Schwangerschaft oder Geschlechtskrankheiten.

Es ist wichtig, dass du dich gut informierst und die Vor- und Nachteile verschiedener Verhütungsmittel kennst, denn nicht jedes, das eine Schwangerschaft verhindert, schützt dich auch vor Geschlechtskrankheiten. Sex mit Kondom verschafft dir Sicherheit (»Safer Sex«) und ermöglicht dir ein **GESUNDES SEXUALLEBEN.**

Schwangerschaft

Beim Geschlechtsverkehr zwischen Jungen und Mädchen besteht IMMER die Gefahr einer Schwangerschaft. Um das zu vermeiden, verwendet immer ein **VERHÜTUNGSMITTEL!**

Geschlechtskrankheiten/ STI

STI steht für »Sexually Transmitted Infections«, also sexuell übertragbare Infektionen. Diese Geschlechtskrankheiten können beim Sex durch Viren, Bakterien und Parasiten über die Schleimhäute und Körpersekrete übertragen werden.

Die bekannteste von ihnen ist **AIDS,** aber es gibt noch viel mehr: Papillomviren (HPV), Gonorrhoe, Chlamydien, Genitalherpes, Syphilis ... manche von ihnen können ernst bis tödlich sein. Sie erfordern mitunter langwierige, teils lebenslange medizinische Behandlungen. Die meisten von ihnen erkennt man nicht sofort, und sie sind schwierig zu diagnostizieren, was natürlich gefährlich ist, weil sich die infizierte Person womöglich völlig gesund fühlt und beim ungeschützten Sex unwissentlich andere ansteckt.

Die Übertragung erfolgt beim Geschlechtsverkehr, anal oder vaginal, aber auch beim Oralsex, weshalb diese sexuellen Praktiken immer entsprechenden Schutz erfordern, vor allem, wenn du deinen Partner nicht besonders gut kennst. Außerdem solltest du dir darüber bewusst sein, dass dein Immunsystem sich in der Pubertät verändert. Du kannst dich also leichter anstecken, wenn du dich diesem Risiko aussetzt.

Das passende Verhütungsmittel

Bevor du loslegst, solltest du dir **IMMER** über das passende Verhütungsmittel im Klaren sein,

Immer ein Kondom in der Tasche zu haben, bedeutet nicht, dass du es ständig darauf anlegst, sondern dass du Verantwortung übernimmst!

O-TON CHUSITA

und zwar **FÜR DICH PERSÖNLICH** – egal, ob du ein Mädchen oder ein Junge bist. Überlass die Verantwortung hierfür niemals dem anderen, es sei denn, du kennst ihn sehr gut und hast vollstes Vertrauen. Es geht um deine Gesundheit! Natürlich solltet ihr vorher **GEMEINSAM** darüber sprechen, welche Art von Verhütung und Schutz ihr verwendet.

Welche Methode für dich die beste ist, hängt davon ab, wie oft und mit wem du Sex hast. Vor allem am Anfang einer Beziehung, wenn ihr euch noch nicht so gut kennt und eher spontan oder unregelmäßig miteinander schlaft, eignet sich das **KONDOM** am allerbesten. Es ist das einzige Verhütungsmittel, das nicht nur vor einer ungewollten Schwangerschaft, sondern auch vor Geschlechtskrankheiten schützt.

Wenn ihr euch besser kennt, die Beziehung enger wird, ist es kein Fehler, wenn jeder einen Gesundheitscheck macht, um gegenseitig mögliche Krankheiten bei euch beiden auszuschließen, bevor ihr das Kondom weglasst. **ANDERE VERHÜTUNGSMETHODEN,** die ein Arzt verschreiben muss, erkläre ich weiter hinten im Buch.

KURIOSITÄTEN

In der Geschichte: Schon im alten Ägypten hat man Hüllen für den Penis erfunden, um den Samen aufzufangen. Sie waren aus Fischblasen oder Ziegendarm.

Im Museum: Im Naturkundemuseum in London gibt es ein Präservativ aus dem Jahre 1798. Es besteht aus Schweinedarm in Form eines Penis und hat Bänder, um es zu befestigen. Damals wurde empfohlen, es vor der Verwendung in warme Milch einzulegen, um Krankheiten vorzubeugen.

In der Gesellschaft: Die Antibabypille wurde in den 1950er-Jahren erfunden und in Deutschland 1961 zugelassen, war aber aus moralischen Gründen noch lange verpönt. In Europa und den Vereinigten Staaten wurde sie offziell zunächst nur gegen Menstruationsbeschwerden verschrieben.

In der Kunst: Aktuell ist der Gebrauch von Kondomen ebenso normal wie die Tatsache, dass Labels ihre eigene Design-Kondomkollektion herausbringen. Es handelt sich dabei um Kondome mit aktuellen und innovativen Motiven, die übergezogen wie ein Tattoo auf dem Penis aussehen!

Doppelter Schutz

Die beste Verhütungsmethode für den Anfang ist das **KONDOM** oder Präservativ. Es ist praktisch und bequem und verhindert, wie bereits erwähnt, sowohl Schwangerschaften als auch Geschlechtskrankheiten.

Es gibt zwei Arten von Kondomen: eins für Männer und eins für Frauen. Das für Männer ist das bekannteste und meistverwendete: eine feine Membran aus Latex, die sich eng an den erigierten Penis schmiegt. Es wird übergezogen, bevor es richtig losgeht, und hat eine kleine Ausstülpung, um den Samen aufzufangen. Das Kondom muss gut passen. Wenn es das nicht tut, kann es leicht kaputtgehen und reißen. Das kann dir die ersten Male passieren, deswegen empfiehlt es sich, immer ein paar mehr einzustecken, um es gegebenenfalls zu ersetzen.

Das Kondom für Frauen ist ebenfalls aus dünnem Latex, mit zwei flexiblen Ringen. Der Latexschlauch wird mit dem kleineren Ring in die Scheide eingeführt und wie ein Diaphragma (siehe Seite 76) über den Muttermund gelegt, um dort Samen und Sekrete aufzufangen; der größere, offene Ring bleibt außen und bedeckt die äußeren Schamlippen. Beide Kondome können auch für sicheren Analsex verwendet werden.

Eins gilt immer: Präservative sind für den **EINMALIGEN GEBRAUCH** gedacht. Komm bloß nicht auf die Idee, es auszuwaschen! Genauso wenig empfiehlt es sich, dasselbe Kondom zu verwenden, wenn du von Oral- zu Vaginalsex wechselst, weil es zwischendrin durch eure Spielchen beschädigt werden kann. Und vor allem darfst du niemals dasselbe Kondom für Oral- und Vaginalsex verwenden, wenn du damit schon Analsex hattest, weil so Schmutz und Bakterien übertragen werden. Das kann zu sehr unangenehmen Infektionen führen.

Hab immer eins dabei!

Egal, was deine sexuelle Identität ist, ein Kondom solltest du immer bei dir haben. In deinem Portemonnaie, in der Schultasche, im Rucksack, in der Handtasche ... Irgendwann kannst du es bestimmt einmal brauchen. Und weil es auch mal reißen kann, kann es nicht schaden, noch Ersatz zu haben.

Dont's

Wenn der andere sich weigert zu verhüten, gib nicht nach! Bestehe darauf: entweder **MIT KONDOM ODER GAR NICHT.** Vermutlich wird er darauf eingehen, um die Gelegenheit nicht zu

Vorteile vom Kondom:

- Gibt es ohne Rezept.
- Wird in Apotheken, Supermärkten, Automaten verkauft.
- Gibt es von verschiedenen Herstellern, von günstig bis teuer.
- Kann sowohl sie als auch er besorgen.
- Hat keine Nebenwirkungen.
- Gibt es in verschiedenen Farben und Geschmacksrichtungen ...
- Ist so klein, dass du es immer dabeihaben kannst.
- Schützt dich sowohl vor Geschlechtskrankheiten als auch vor ungewollten Schwangerschaften.

verpassen. Wenn nicht, verschwinde, und zwar sofort. Und such dir jemand Verantwortungsvolleren!

Mach's immer mit!

Manchmal ist die Versuchung groß, sich von seiner Leidenschaft mitreißen und Verhütung Verhütung sein zu lassen. Das sind Momente, auf die du vorbereitet sein solltest, um sie schon im Vorfeld zu vermeiden. Achte in solchen Fällen ganz besonders darauf, es **AUF KEINEN FALL OHNE** zu machen. Ein paar Beispiele:

- Wenn du mit jemandem Oral-, Vaginal- oder Analsex hast, den du kaum kennst.
- Wenn du betrunken oder high bist oder dir schwindlig ist.
- Wenn du als Mädchen kein anderes Verhütungsmittel verwendest.
- Wenn der/die andere dir versichert, er/sie sei ganz gesund und du hättest nichts zu befürchten.
- Wenn der Junge behauptet, dass er schon aufpasst und seine Ejakulation kontrollieren kann und das Mädchen deshalb nicht schwanger wird.
- Wenn einer von euch öfter den Partner wechselt.
- Wenn der/die andere nicht einsehen möchte, dass er/sie Verhütungsmethoden verkehrt anwendet.

Verhütungsmittel für Frauen ♀

Achtung: Diese Verhütungsmethoden eignen sich nicht zum Schutz vor Geschlechtskrankheiten, sondern nur um eine Schwangerschaft zu verhindern. Sie alle müssen vom Frauenarzt verschrieben werden:

Antibabypille: Du nimmst sie 21 Tage lang regelmäßig einmal täglich, in der darauffolgenden Woche setzt du aus und bekommst deine Periode. Die in der Pille enthaltenen Hormone verhindern den Eisprung und machen somit eine Schwangerschaft sehr unwahrscheinlich. Die Pille ist eine weitverbreitete Verhütungsmethode mit wenigen Nebenwirkungen.

Verhütungspflaster: Funktioniert ähnlich wie die Pille, wird jedoch auf die Haut geklebt und muss einmal pro Woche gewechselt werden. Nach 21 Tagen (dreimal wechseln) folgt eine Woche Pause.

Verhütungsring: Wird wie ein Tampon in die Scheide eingeführt und bleibt dort 21 Tage. Er gibt kontinuierlich Hormone ab, die den Eisprung bzw. das Einnisten eines befruchteten Eis verhindern. Sehr einfach in der Anwendung.

Dreimonatsspritze: Hormonspritze, die der Arzt verabreicht und die drei Monate lang wirkt. Aufgrund höherer Dosierung mit stärkeren Nebenwirkungen.

Spirale: Eine kleine Spirale aus Kupferdraht, die vom Frauenarzt direkt in die Gebärmutter gesetzt wird und dort bis zu fünf Jahren bleiben kann.

Diaphragma: Vom Frauenarzt angepasste Gummikappe, die bis zu zwei Stunden vor dem Verkehr in die Scheide eingeführt werden muss und verhindert, dass Spermien in die Gebärmutter gelangen. Erfordert Übung und verhindert Spontaneität.

⚠

Das sind KEINE Verhütungsmethoden:

Egal, was andere behaupten: Making love makes babys! Wenn du auch nur eines dieser **LÜGENMÄRCHEN** glaubst, riskierst du eine ungewollte Schwangerschaft! **GLAUB NICHT,** wenn dir jemand erzählt, dass nichts passieren kann:

- Beim ersten Mal.
- Beim Koitus interruptus oder wenn ihr mittendrin aufhört.
- Wenn er außerhalb der Scheide kommt.
- Wenn sie keinen Orgasmus hat.
- Während, kurz vor und kurz nach der Periode.
- Wenn ihr im Stehen Sex habt.
- Wenn ihr im Wasser Sex habt.
- Wenn das Mädchen sofort nach dem Geschlechtsverkehr eine Scheidendusche macht.
- Wenn du danach sofort pinkeln gehst.

Alles **ABSOLUTER QUATSCH!**

Im Notfall

Die **»PILLE DANACH«** ist keine Verhütungsmethode, sondern ein Notfallmittel, das bei einer Verhütungspanne eingesetzt wird, also wenn beispielsweise ein Kondom reißt.

Lass dich also bitte nicht einfach von deiner Leidenschaft treiben, um am nächsten Tag die »Pille danach« in irgendeiner Apotheke zu kaufen. Denn erstens ist es einfach leichtsinnig und verantwortungslos, ohne ausreichenden Schutz eine Schwangerschaft und/oder Geschlechtskrankheiten zu riskieren. Und zweitens enthält die »Pille danach« hochdosierte Hormone und hat deshalb viele Nebenwirkungen, von Müdigkeit und Kopfschmerzen über Übelkeit, Schwindel und Ohnmachtsanfällen bis hin zu ernsthaften Zyklusstörungen. Mal ganz abgesehen vom Preis.

Ich habe einen Freund und wir benutzen ein Kondom, wenn wir zusammen schlafen. Er wünscht sich aber, dass ich die Pille nehme, weil das einfacher ist. Ich weiß, dass die Pille viele Nebenwirkungen hat, zum Beispiel Gewichtszunahme, und man auch unfruchtbar davon werden kann. Davor habe ich Angst. Was rätst du mir?
M. R., 17

So lieber nicht

Manche Leute meinen, dass sie sich nicht vor Geschlechtskrankheiten zu schützen brauchen, weil sie ihrem Partner vertrauen, und denken nur an Schwangerschaftsverhütung. Die Ansteckungsrisiken sind aber oft größer, als man denkt.

Und vielleicht hast du schon von natürlichen Verhütungsmethoden gehört, die darauf basieren, an den fruchtbaren Tagen auf Geschlechtsverkehr zu verzichten. Das ist für junge Mädchen mit einem noch instabilen Zyklus **NICHT EMPFEHLENSWERT.** Diese Methode basiert nämlich auf einer regelmäßigen Temperaturmessung, am besten immer morgens zu einer bestimmten Uhrzeit mit einem möglichst genauen Thermometer. Einen Tag vor dem Eisprung steigt die Temperatur um etwa ein halbes Grad an und bleibt dann so bis zum Eintritt der Periode. Viele Faktoren jedoch können zu Temperaturschwankungen führen: Schlafmangel, Alkohol, ein anderes Thermometer ... abgesehen davon, dass Spermien bis zu sechs Tagen lebensfähig sind und deshalb noch befruchten können, wenn der letzte Sex schon eine Woche zurückliegt. Außerdem musst du strikt Kalender führen.

ICH AN DEINER STELLE ...

Mein erster Rat: Geh zu einem Frauenarzt und besprich mit ihm all deine Fragen und Bedenken. Heutzutage hat die Antibabypille kaum noch Nebenwirkungen und ist im Allgemeinen gut verträglich. Auf alle Fälle solltest du dich nicht verpflichtet fühlen, sie zu nehmen, wenn du es nicht möchtest. Schützt euch weiterhin mit einem Kondom, wenn ihr miteinander schlaft. **CHUSITA**

JETZT GEHT'S LOS!

MASTURBATION

Was man noch so sagt

Masturbieren

Sich einen runterholen

Wichsen

Es sich selbst machen

sich selbstbefriedigen

Weibliche Masturbation

Handarbeitsstunde

Fingern

Auster knacken

Tunneln

Männliche Masturbation

Sich einen von der Palme wedeln

Sich einen keulen

Pfeife ausklopfen

Fünf gegen einen

Gegenseitige Masturbation

Spielchen

Fummeln

Petting

Es geschieht meist ganz plötzlich: Eine Berührung, ein aufreizendes Bild, oder die reine Fantasie ... irgendetwas in dir **ERWACHT ZUM LEBEN,** du spürst etwas, was du bisher nicht kanntest. Es fühlt sich seltsam, aufregend, lustvoll fremd an, und vielleicht weißt du noch nicht, was es ist, ob es gut oder schlecht ist oder einfach etwas, was du ausleben und genießen solltest ... Aber du spürst genau, dass du jetzt unbedingt alleine sein musst, um dieses geile Gefühl auszukosten, das dir so viel Lust auf mehr macht. **KEINE ANGST, NUR ZU!**

Nichts geht jetzt über deine Privatsphäre! Im Bad, in deinem Zimmer, in deinem Bett unter der Decke, wenn alle denken, dass du schläfst – egal wo, wenn du alleine bist, fängst du an, dich zu streicheln und auszuprobieren, was dir gefällt. Berühre deine Ohren und den Hals, deine Lippen, die Brustwarzen ... lerne dich in kleinen Schritten kennen und finde heraus, was dich erregt und was dir nicht so gefällt. Und zwar von **KOPF BIS FUSS!**

Am Anfang ist es dir vielleicht peinlich. Aber das machst du ganz allein mit dir aus. Taste dich **LANGSAM** voran, in deinem Tempo. Du allein entscheidest.

DU HAST DIE MACHT!

LÜGENMÄRCHEN

CHUSITA räumt mit Mythen auf

»Wenn du dich selbst befriedigst, kriegst du Pickel, Haare an den Händen und kannst blind werden ...«

VON WEGEN! Auch wenn sie deinem Uropa noch solche Dinge gesagt haben, weiß man heutzutage längst, dass Selbstbefriedigung Spaß macht und gesundheitsfördernd ist.

»Mädchen masturbieren nicht.«

Wie bitte?! NATÜRLICH befriedigen sich Mädchen selbst, sie trompeten es nur NICHT in alle Welt hinaus.

»Jungs sind wegen jeder Kleinigkeit sofort erregt ...«

NICHT NUR DIE MÄNNER! Die sexuelle Erregung bei Jungs läuft hauptsächlich über visuelle Reize, weshalb sie viele Gelegenheiten haben, um sich aufzugeilen, während Mädchen normalerweise durch Fantasien angeregt werden, die sie dann mit sich selbst ausleben.

»Jungs befriedigen sich öfter (und schneller) als Mädchen.«

STIMMT NICHT GANZ. Es gibt Jungs, die nicht so gerne masturbieren und Mädchen, die es oft tun. Was die Geschwindigkeit betrifft, sollte sich jeder am besten die Zeit nehmen, die er braucht. Wenn du immer nur ans Ziel denkst, kommst du vielleicht gar nicht an.

»Wer sich nicht selbst befriedigt, ist nicht normal ...«

NORMAL? Masturbieren ist überhaupt kein Muss, wenn du keine Lust drauf hast, lass es und gut ist.

»Nur wer keine Beziehung hat, befriedigt sich selbst. Wer mit jemand zusammen ist, hat das nicht nötig ...«

VON WEGEN! Eine Beziehung zu haben, bedeutet noch lange nicht, nicht zu masturbieren, im Gegenteil. Häufig sind die Sexualhormone gerade in einer Partnerschaft besonders aktiv, sodass du womöglich, auch wenn ihr gemeinsam Sex habt, immer noch Lust auf mehr hast.

Dein Körper ist ein Wunderland – erkunde ihn (und dich) ausgiebig!

O-TON CHUSITA

KURIOSITÄTEN

In der Kunst: Auf der Insel Malta hat man in einem Megalithen-Tempel eine kleine Frauenfigur gefunden, die zeigt, wie sie sich gerade selbst befriedigt. Die Figur ist über 5000 Jahre alt!

In der Tierwelt: Männliche Schildkröten reiben ihren Penis an Mauern oder Felsen und haben dabei so viel Lust und Spaß, dass sie richtig laut herumtönen, während weibliche Orang-Utans sich aus Blättern und Zweigen Sexspielzeuge basteln ... Selbstbefriedigung gibt es also auch im Tierreich!

Im Kino: Die bekannteste Szene hierzu gibt es in dem Film *American Pie*, der so heißt, weil sich der Titelheld in der Küche mit einem warmen, gedeckten Apfelkuchen vergnügt ...

In der Musik: Viele Frauen haben ein Lob auf die weibliche Masturbation gesungen. Suche nach den Hits von Bebe, Pink, Britney Spears, Nicki Minaj und Beyoncé.

Selbstbefriedigung ist die beste Art, **DICH UND DEINEN KÖRPER KENNENZULERNEN.** Denn nur so entdeckst du deine empfindsamen Stellen und erogenen Zonen, nur so lernst du deine sexuellen Vorlieben kennen. Selbstbefriedigung zeigt dir, was du magst, wie du es magst und auch, was dir *nicht* so gut gefällt. **NIEMAND KANN DAS BESSER** herausfinden **ALS DU SELBST.**

Selbstbefriedigung **BEREITET DICH SUPER** auf künftige sexuelle Beziehungen **VOR** und hilft dir, gute Orgasmen zu bekommen. Je besser du dich mit dir selbst und deinem Körper fühlst, desto mehr Genuss und Erfüllung hast du später mit anderen. Masturbieren macht nicht nur Spaß, sondern **GUTE LAUNE,** entspannt dich, ist gut für die Gesundheit, Haut und für wer weiß was sonst noch alles ...

ICH AN DEINER STELLE ...

Seit einiger Zeit ... äh ... befriedige ich mich selbst. Ich finde es nicht schlimm und fühle mich gut dabei, es ist nur so, dass ich nicht zum Orgasmus komme, und das macht mir Sorgen. Ich habe bereits mit meinem Frauenarzt darüber gesprochen, und er meinte, das sei ganz normal für mein Alter. Jetzt habe ich Angst, dass mein Freund denkt, es ist seine Schuld, wenn ich nicht zum Orgasmus komme, was ja aber nicht stimmt. Was soll ich tun? **M. B., 14**

Der Orgasmus muss nicht unbedingt das Ziel sein. Bei der Selbstbefriedigung geht es vor allem darum, dass du Spaß hast, und wenn du kommst, umso besser. Aber sei nicht frustriert, wenn es nicht klappt. Probiere einfach verschiedene Spielchen und Streicheleien aus und was du dabei spürst – ohne ständig daran zu denken, dass du unbedingt einen Orgasmus haben musst. Das blockiert dich nur. Mach dich locker, irgendwann kommt er wie von selbst. **CHUSITA**

MUSIC
CLIPS

MASTURBATION

Nichts erregt Mädchen so sehr, wie der eigenen Fantasie freien Lauf zu lassen. Du stellst dir etwas vor, was dich anmacht, und fängst an, **FANTASIEN** zu entwickeln. Kann sein, dass du dich schämst, aber wenn du allein und ungestört bist, Zeit hast – **HAB KEINE HEMMUNGEN!**

Entdecke dich und deine Lust. **SPIEL MIT DEINEM KÖRPER,** das ist völlig natürlich und normal. Berühr dich, lass zuerst den Stoff deiner Kleider über die Haut gleiten. Manchmal reicht schon eine flüchtige Berührung deiner Brustwarzen oder eine bestimmte Art, die Beine überzuschlagen, um **LUST** zu bekommen. Mit oder ohne Kleider. Manche nehmen ihr Plüschtier oder ein Kissen und stellen sich eine Umarmung vor oder reiben sich damit ihre Brüste oder zwischen den Beinen.

Wie macht's ein Mädchen?

Bevor deine Hände in deine intimsten Zonen vordringen, solltest du dich Stück für Stück vorantasten, damit du weißt, was sich alles auf dem Weg befindet. Greif deine Brüste, stimulier deine Brustwarzen, drück mit der Handfläche auf deinen Venushügel, spiel mit deinen Schamhaaren, betaste deine Vulva, öffne deine (äußeren) Schamlippen und streichle sie (auch die inneren), spiel sanft mit deiner Klitoris, um sie aus ihrem Versteck zu locken ...

Wenn du nicht feucht genug bist, mach deine Finger mit Spucke nass, bevor du weitermachst.

O-TON CHUSITA

Wenn du beginnst, dich zu streicheln, wird dein Intimbereich **FEUCHT.** Wenn du erregt bist, stellt der Körper ein natürliches Gleitmittel bereit und sorgt auf diese Weise dafür, dass die Dinge leichter vonstattengehen. Wenn du nicht feucht genug bist und es wehtut, mach deine Finger mit Spucke nass, bevor du weitermachst.

Die Klitoris ist schüchtern und verhält sich wie ein kleines Schwämmchen, das bei Erregung feucht wird und anschwillt. Ihre einzige Aufgabe besteht darin, dir Lust zu machen. Sie will es so sehr, dass sie manchmal sehr empfindlich auf direkte Berührung reagiert. Sei sanft zu ihr! Mit Spielen, Massagen und Zärtlichkeiten, die DIR guttun.

FÜR MÄDCHEN

Von klitoral zu vaginal

Frauen können klitoral und vaginal stimuliert werden, um zum Höhepunkt zu kommen. Manche mögen eines von beiden lieber, andere finden beides gut. Das ist ganz unterschiedlich. **PROBIERE AUS,** wie du es am liebsten magst.

Die Klitoris ist bei Frauen der erogenste Punkt überhaupt. Ihre einzige Funktion ist, dir **LUST ZU VERSCHAFFEN,** aber nicht vergessen: Sie ist zart und sehr berührungsempfindlich. Sei also sanft und zärtlich zu ihr.

Eine weitere, sehr empfindliche Stelle ist der Scheideneingang. Wenn du dich dort streichelst, wird die Scheide wie von selbst feucht, was das Eindringen von Finger oder Penis erleichtert. Um dich selbst zu erkunden, führe einen Finger (Zeige- oder Mittelfinger) ein und lass ihn mit rhythmischen Kreisen nach innen gleiten.

Finde heraus, in welcher Position es für dich **AM ANGENEHMSTEN** ist, später kannst du es auch mit mehreren Fingern ausprobieren. Versuche jetzt noch nicht, jenen besonderen G-Punkt zu entdecken, denn er liegt irgendwo im Scheideninneren und ist nicht so einfach zu finden. Je besser du dich, deine Erregung und deinen Körper kennenlernst, desto besser wird es dir gelingen, Vagina und Klitoris gleichzeitig zu stimulieren und zu merken, was eine **POSITIONSVERÄNDERUNG** deiner Beine alles bewirkt: rücklings oder bäuchlings, gespreizt, sitzend, hockend ... deine **EXPERIMENTIERLUST** ist **GEFRAGT!**

Nette Nebeneffekte der Selbstbefriedigung

- Baut Spannungen und Ängste ab.
- Verbessert Wohlbefinden und Laune.
- Vermindert Menstruationsbeschwerden.
- Steigert dein Selbstvertrauen.
- Hilft, Komplexe und psychologische Sperren abzubauen.

Kommen oder nicht kommen

Vielleicht fühlst du dich am Anfang unter Druck gesetzt und denkst, dass du unbedingt einen Orgasmus bekommen musst. Aber keine Sorge, der Höhepunkt muss gar nicht immer das Ziel sein. Mit der Zeit (und mit mehr Übung) steigern sich deine **LUSTGEFÜHLE** immer mehr und du kommst dann, wenn du **ES AM WENIGSTEN ERWARTEST.** Es gibt Frauen, die schaffen das in weniger als vier Minuten. Und andere, die danach weitermachen und mehrere Orgasmen bekommen ...

WIR MACHEN EINEN AUSFLUG! KOMMEN SPÄT ZURÜCK. KUSS, MAMA
...
GESTERN ABEND ...
ALSO, DAS LETZTE MAL ...
...HABE ICH ES MIT DEM KISSEN GEMACHT.
ICH WÄHREND EINER SEXSZENE IM FILM.
ICH BEIM DUSCHEN ...

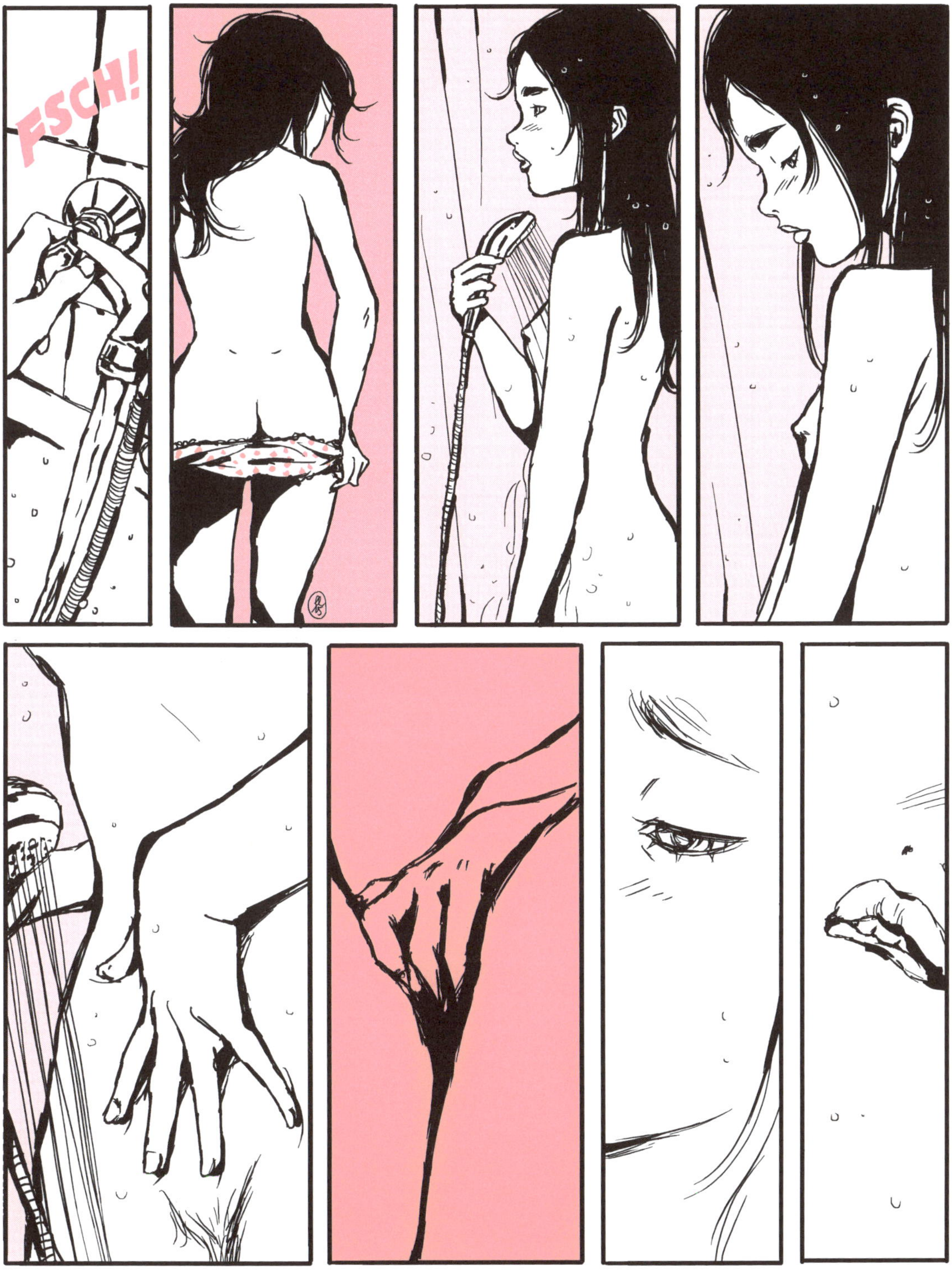
FSCH!

MASTURBATION

Eine Anzeige, ein entsprechendes Foto, eine Sexszene in einem Film ... Jungs werden schnell durch **ÄUSSERLICHE REIZE** erregt. Nimm dir Zeit und Ruhe, um **HERAUSZUFINDEN, WAS DICH ANMACHT.**

Selbstbefriedigung ist mehr, als sich mal eben zwischendurch Erleichterung zu verschaffen ... Wichtig ist, dass du deine Lust spürst, es langsam angehen lässt und dabei die unterschiedlichen **REAKTIONEN DEINES KÖRPERS** entdeckst.

So findest du heraus, was du magst und was nicht, und kannst dich auf künftige sexuelle Beziehungen **VORBEREITEN.**

FÜR JUNGS

Wie macht's ein Junge?

Bei den Jungs kommt es beim Masturbieren nicht nur auf den Penis an.

Streichle deinen Körper, stimulier deine Brustwarzen und **ENTDECKE** deine Genitalien in **ALLEN DETAILS.** Wenn du erregt bist, wird dein Penis groß und steif. Spiel mit der einen Hand mit der Eichel, zieh die Vorhaut zurück, streichle sanft Kopf und Schaft vom Penis, umschließe und massier ihn **RHYTHMISCH MIT MEHR ODER WENIGER DRUCK.**

Damit es nicht zu stark reibt oder wehtut, kannst du mit Spucke nachhelfen oder mit Gleitgel, aber sei vorsichtig, denn dein Penis ist sehr empfindlich.

Mit der anderen Hand kannst du deinen Damm streicheln, mit deinen Hodensäcke spielen und den Weg bis zum Anus erkunden, der ebenfalls ein wichtiger erogener Punkt ist. Du wirst merken, dass es sich je nach Stellung **ANDERS ANFÜHLT:** wenn du stehst, sitzt, liegst, dich einrollst wie ein Kind im Mutterleib ...

... GEH AUF ERKUNDUNGS-FAHRT!

Das Gefühl des Eindringens

Wenn du herausfinden willst, wie es sich anfühlt, in jemanden einzudringen, probiere folgendes aus: **KONZENTRIER DICH** nur auf deinen Penis, umfasse ihn fest mit der Hand und beweg dabei dein Becken.

Manche Jungs probieren es mit ihrem Kissen, obwohl das nicht sehr hygienisch ist, weil dann hinterher das Sperma dranklebt. Andere nehmen ein eingerolltes Handtuch, das sich später einfach waschen lässt, oder ein Kondom, um Spuren zu vertuschen. Es soll auch Leute geben, die zwei Schwämme nehmen und ein Loch in der Mitte bilden. Also ... sei kreativ. Es ist **DEINE GANZ PRIVATE ANGELEGENHEIT!**

Der Orgasmus

Der Weg zum Orgasmus ist kein Wettlauf. Wenn du merkst, dass du **KURZ VOR DEM HÖHEPUNKT** bist, verändere den Rhythmus deiner Bewegungen und atme tief ein und aus. So kannst du die Ejakulation hinauszögern und hast mehr davon ... oder sie beschleunigen, um schneller zu kommen.

Probier mal aus, nachdem du gekommen bist, deine Hoden sanft zu drücken – das gibt dir einen zusätzlichen **KICK!**

Handjob

Der Klassiker: Du umfasst den Penis mit allen Fingern und bewegst die Hand rhythmisch rauf und runter.

Mit der anderen Hand: Statt deine Schreibhand zu benutzen, nimmst du die andere. Weil du nicht so geschickt damit bist, fühlt es sich an, als ob es jemand anderes wäre.

Mit drei Fingern: Umfasse den Penis in der Mitte, mit dem Daumen auf der einen und dem Mittel- und Zeigefinger auf der anderen Seite, und beweg sie von oben nach unten.

Mit dem Laken: Bedecke deinen Penis mit einem (weichen!) Betttuch, halt ihn von außen fest und mach, was dir gefällt.

Mit Kondom: Stülp dir ein Präservativ über und masturbier damit, wie und wo es dir am besten gefällt. Es gibt Jungs, die finden das richtig geil!

Verschiedene Typen

Frühaufsteher: Wach geworden von einem heißen Traum, hast du einen Steifen und nutzt die Zeit, bevor du unter die Leute gehst. **PUSHT DICH** für den ganzen Tag.

Saubermann: Unter der Dusche, wo es mit dem Wasser noch besser flutscht. Macht dich **FRISCH UND GESUND.**

Müßiggänger: Wird auch Kevin genannt, weil er den ganzen Tag allein zu Hause ist und nichts Besseres zu tun hat. **GARANTIERT EINE SUPERBESCHÄFTIGUNG.**

Schlaftablette: Mitten in der Nacht, wenn du partout nicht schlafen kannst. **ENTSPANNT DICH AUF NATÜRLICHE WEISE.**

Zu früh gekommen

Wenn du zu schnell kommst, **sei nicht enttäuscht.** Das kann am Anfang passieren, weil du deine Erregung noch nicht unter Kontrolle hast und etwas nervös bist. Mit der Zeit legt sich das, weil du durch regelmäßige Selbstbefriedigung den richtigen Moment sprichwörtlich **besser in den Griff kriegst** und ihn nach und nach herauszögern kannst.

ICH AN DEINER STELLE …

Meine Freundin masturbiert zu viel und hat deswegen immer weniger Lust, mit mir zu schlafen. Was kann ich tun?
O. F., 17

Sprich mit ihr! Niemand masturbiert zu viel, jeder macht es so oft, wie er es mag und braucht. Vielleicht probiert ihr einfach mal ein paar neue Dinge gemeinsam aus. Schlag es ihr mal vor!
CHUSITA

Sich selbst zu erkunden, an seinem Körper herumzuspielen und sich selbst Lust zu bereiten, ist etwas völlig Normales.

O-TON
CHUSITA

SPIELEREIEN ZU

Es passiert auf einer Fete oder bei einem lang ersehnten Date. Du knutschst mit jemandem herum, der dir **TOTAL GUT GEFÄLLT.** Du streichelst und wirst zurückgestreichelt, ihr seid beide total heiß, ohne dass ihr unbedingt miteinander schlafen wollt. Herzlich willkommen beim Petting, dem besten aller Spielchen, wenn sich zwei **ALLMÄHLICH SEXUELL NÄHERKOMMEN.**

Wenn einer von euch beiden sagt, bis hierhin und nicht weiter, ist es okay, und heißt nicht, dass einer von euch prüde ist. Es funktioniert nur, wenn **BEIDE LUST DARAUF** haben.

Sich gegenseitig zu erkunden und gemeinsam die Lust zu entdecken, ist für beide schön. Genießt es und lasst euch Zeit!

Berühren und reden

Wenn du zum ersten Mal jemanden streichelst und gestreichelt wirst, ist es ganz besonders wichtig, **GRENZEN ZU RESPEKTIEREN.** Taste dich behutsam vor. Eure anfänglichen Küsse können beliebig lange vom Mund Richtung Hals wandern, ans Ohrläppchen ... wenn die Berührungen dann intensiver werden, euer Atem dabei schneller geht, ist das der beste Indikator dafür, dass ihr beide mehr wollt, und die eindeutige Einladung, sich langsam in den **INTIMBEREICH** des anderen vorzutasten. Anfangs noch durch den Stoff, später dann allmählich auch ohne.

Vergiss am besten alles, was du dir vorgestellt hast, und versuch nicht, dich wie im Film zu benehmen. Es geht beim Petting nicht darum, die Hand einfach rauf- und runterzubewegen oder mit dem Finger ohne Sinn und Verstand herumzurubbeln. **TU LANGSAM,** vertraue deinen Gefühlen, achte auf die Reaktionen deines Partners, spüre in dich hinein. Trau dich zu **SAGEN, WAS DU MAGST** und was nicht oder was du noch lieber hättest, das macht die Sache immer einfacher. Auch ein bisschen Sinn für Humor kann dabei nicht schaden.

Ein paar Spielchen

Face to Face: Schaut euch gegenseitig an, während ihr euch beide selbst befriedigt. Absolut erregend und die Gelegenheit, die **SCHAM** voreinander **ZU VERLIEREN.**

Abwechselnd: Erst macht es der eine dem anderen, dann tauscht ihr die Rollen. Eine sehr sinnliche Art, sich **GEGENSEITIG** besser **KENNENZULERNEN.**

Gleichzeitig: Berühren und berührt werden, gemeinsam Lust und Erregung erleben – das macht beides **NOCH INTENSIVER.** Warnung an alle Anfänger: Auch wenn du total abgehst, kann dein(e) Partner(in) einen ganz anderen Rhythmus haben. Verlier nicht aus den Augen, wie weit er/sie gerade ist, damit es für euch beide schön ist.

ZWEIT

⚠ Spielregeln

- Saubere Hände!
- Achte darauf, dass alles feucht genug ist. Wenn nicht, verwende Spucke oder Gleitgel.
- Nicht denken, machen! Hauptsache, ihr habt Spaß.
- Ihr beide macht eure eigenen Regeln, und jeder von euch kann jederzeit aufhören, wenn er nicht mehr will oder keine Lust mehr hat.
- Und los geht's! Genießt eure Zweisamkeit.

Ein anderer Körper

Wenn du zum ersten Mal einen Körper entdeckst, der anders ist als deiner, und ihn deswegen nicht so gut kennst, nicht weißt, wie er reagiert ... Relax! **ÜBUNG MACHT DEN MEISTER!** Entdeckt euch langsam und gegenseitig Schritt für Schritt, findet heraus, wie sich Penis, Vulva, Hoden, Anus anfühlen, und wie es sich anfühlt, dort berührt zu werden. Wenn ihr zusammen seid und euch streichelt, zählt nur, dass ihr es beide mögt!

Ein Körper wie deiner

In diesem Fall kannst du versuchen, dein Gegenüber so zu berühren, **WIE ES DIR BEI DIR SELBST AM BESTEN GEFÄLLT.** Das muss nicht heißen, dass es deshalb das Richtige ist. Was dem einen gefällt, kann den anderen stören. Taste dich mit Feingefühl vor, frag, ob dein(e) Partner(in) es auch mag, und bleib im Gespräch.

Achte immer auf die Reaktion des anderen, um herauszufinden, ob du weitermachen sollst... oder lieber etwas anderes ausprobierst!

O-TON CHUSITA

Ein Mädchen befriedigen ♀

Es erfordert sprichwörtlich Fingerspitzengefühl, wenn du dich mit deiner Hand in den Slip eines Mädchens bewegst. Mach es langsam, ohne brüske Bewegungen, und versuche dabei, sie zu **ERREGEN.** Spiel mit ihrem Schamhaar, das die Schamlippen bedeckt: Wenn du sie dort zart streichelst, wird sich die Klitoris aufstellen. Dieser Punkt ist sehr empfänglich für Liebkosungen und gleichzeitig sehr berührungsempfindlich. Widme dich ihm mit der gebotenen Aufmerksamkeit.

Der Scheideneingang ist ebenfalls sehr empfindlich. Wenn du ihn streichelst, wird das Mädchen feucht. Es ist das natürliche Gleitmittel, damit du ihr nicht wehtust und es besser flutscht, wenn du ihr deinen Finger in die Scheide einführst. **ACHTE AUF IHRE REAKTIONEN,** frag sie, wie es sich für sie anfühlt, und hör auf damit, wenn du merkst, dass es ihr nicht gefällt. Aber wenn sie es mag, kannst du es mit mehr Fingern probieren und deine andere Hand für weitere Erkundungen in der Umgebung oder rund um ihre Brüste einsetzen …

Einen Jungen befriedigen ♂

Es verlangt schon Mut, deine Hand in die Hose eines Jungen zu stecken und herauszufinden, was es mit der Beule zwischen seinen Beinen auf sich hat. Wenn er noch nicht richtig erregt ist, kann es sein, dass sein Penis noch ziemlich weich ist. Oder er ist schon ziemlich steif. Streichle ihn mit der offenen Hand, berühr sanft den Hodensack und spiel damit … Du wirst sehen, wie sein Penis nach und nach größer wird und er eine **EREKTION** bekommt.

Mit einer feuchten Hand klappt die Massage besser. Üblicherweise fängst du an der Spitze (Eichel) an, streichelst sie zart und ziehst die Vorhaut (falls vorhanden) zurück. Dann kannst du den Penis mit den Fingern umgreifen und **IN EINER SANFTEN BEWEGUNG** mit der Hand von oben nach unten gleiten. Bewege die Hand rhythmisch rauf und runter. Wenn du dabei das Tempo langsam steigerst, steigerst du auch seine Erregung. Wenn es ihm gefällt, kannst du mit der anderen Hand gleichzeitig seine Hoden sanft massieren …

Orgasmus?

Das Wort »Masturbation« stammt vermutlich von dem Lateinischen »manos turbare«, was so viel bedeutet wie »mit der Hand stören, heftig bewegen oder erregen«. Dieses Erlebnis mit jemandem zu teilen, der diese Art von Stimulierung mit den Händen mag, ist absolut eine Erfahrung wert. Wenn du dabei einen Orgasmus bekommst, umso besser! **KANN ABER AUCH SEIN, DASS KEINER VON EUCH KOMMT** oder nur einer oder beide, gleichzeitig oder hintereinander. Es gibt viele Möglichkeiten.

Manchmal passiert es, dass der Kopf blockiert ist und du einfach nicht zum **HÖHEPUNKT** kommst, egal wie erregt du gerade bist. Dem Mädchen tut es dann vielleicht weh, der Junge bekommt keinen hoch. Oder eure Spielereien laufen perfekt und trotzdem kommt ihr beide nicht. Oder ihr kommt viel zu schnell …

Nimm's mit Humor, mit Gelassenheit und Geduld. Wenn du jetzt nicht kannst, klappt's beim nächsten Mal. **RELAX!** Es ist alles nur eine Frage der Erfahrung und des gegenseitigen Kennenlernens.

UND DANN ...

ANNÄHERUNGEN

Wenn dir jemand gefällt, öffnet sich dir ein **GANZES UNIVERSUM** an Möglichkeiten, die es zu entdecken gilt! Von der allerersten Begegnung, dem Flirten hin zu den ersten Küssen, Zärtlichkeiten, Körperberührungen ... Und dann kommt die zweite, dritte, vierte Begegnung und noch viele mehr. Dich mit jemand zu treffen, den du magst und der deine Gefühle erwidert, ist ein Volltreffer!

Bezieh... was?

Nur weil ihr euch **KÖRPERLICH NÄHERGEKOMMEN** seid, heißt das noch nicht, dass ihr der Beziehung einen Namen geben müsst. Zwei Menschen können gemeinsam eine Menge Dinge tun, ohne sich gegenseitig zu irgendetwas verpflichtet zu fühlen, wenn sie das nicht wollen. Genauso wenig müssen sie zwangsläufig miteinander im Bett landen ... oder gar vor dem Altar.

Oft beginnen sexuelle Beziehungen einfach aus reiner Neugier und **LUST, ETWAS AUSZUPROBIEREN.** Oder es ist das pure körperliche Verlangen, denn es müssen dabei keine Gefühle im Spiel sein. Manchmal kommt aber auch beides zusammen: **VERLANGEN** und **GEFÜHLE** für den anderen, die allmählich entstehen und sich dann ganz von selbst zeigen.

Online?

In den sozialen Netzwerken kann man ganz leicht Einblick in das Leben anderer bekommen und das ist **MANCHMAL** ganz schön **PRAKTISCH.** Wenn dir jemand gefällt, kannst du Fotos von ihm anschauen, herausfinden, mit wem er befreundet ist, was er gern tut ... Aber verlass dich nicht auf das Profil, im Internet zeigt niemand sein wahres Gesicht und wie er in Wirklichkeit ist. Viel besser lernst du jemand kennen, wenn er dir selbst erzählt, was er so macht und was ihm gefällt – im Real Life!

Das Netz ist eine ideale Kommunikationsplattform, um sich gegenseitig Nachrichten zu schicken oder um mit jemandem zu flirten. Aber **VORSICHT:** Wenn du online mit jemandem chattest und anzügliche Fotos oder Nachrichten verschickst, gibst du intime Dinge von dir preis. Sosehr du der anderen Person auch vertraust, **DU WEISST NIE, WER NOCH ALLES ZUGANG** zu seinem Gerät und zu seinen Daten **HAT** und herausfinden kann, was ihr euch da gegenseitig schickt. Genauso wenig weißt du, was passiert, wenn eure Beziehung eines Tages zu Ende ist. Drückt der andere die Löschtaste – oder den Post-Button für die Community?

LÜGENMÄRCHEN

CHUSITA räumt mit Mythen auf

»Jungs mögen männermordende Mädchen!«

ACH JA? Also, ich hätte Angst davor, ermordet zu werden! Weder schreckt es Jungs in jedem Fall, wenn Mädchen rangehen, noch müssen sich Mädchen in zahme Kätzchen verwandeln, um besser anzukommen. Jede, wie sie mag und wie sie ist. Gib dich so natürlich wie möglich.

»Flirten macht dumm.«

KANN SEIN ... aber nicht unbedingt. Wenn du mit jemandem flirtest und dabei gleichzeitig Sinn und Verstand einsetzt, erreichst du dein Ziel.

»Zungenküsse sind unhygienisch.«

KOMMT DRAUF AN! Man sollte seine Zunge nicht bis zum Anschlag in den Hals des anderen stecken oder mit Mundgeruch küssen ... Ein leidenschaftlicher Zungenkuss hinterlässt natürlich immer Spuren, das liegt am Austausch der Spucke ... aber eben das macht ihn auch so besonders.

»Rumzufummeln bedeutet gleichzeitig bis zum Äußersten zu gehen.«

STOPP MAL! Wenn du dich befummeln lässt, weil es dir gerade gefällt, bedeutet das noch lange nicht, dass du nicht mehr aufhören kannst, wenn dir nicht mehr danach ist. Du allein bestimmst, wie weit ihr geht und was passiert, und der/die andere muss das respektieren!

»Als Pärchen darfst du mit niemand anderem mehr flirten.«

SCHON KLAR. Das hängt davon ab, was ihr vereinbart habt. Erfahrungsgemäß passiert es immer dann, wenn du es am wenigsten erwartest. Selbst wenn du unsterblich verliebt bist, kannst du von einem Moment auf den anderen Lust haben, mit jemandem zu flirten. Das bedeutet noch lange nicht, dass mehr passieren muss, wenn du das nicht willst.

Versucht nicht krampfhaft, eure Beziehung zu definieren. Wenn ihr zu viel darüber nachdenkt, wollt ihr womöglich nur noch ganz schnell Schluss machen.

O-TON CHUSITA

TEST ...

WIE HEISS IST EURE BEZIEHUNG?

Dein(e) Partner(in) macht dich total an und du ihn/sie anscheinend auch, aber ... wie heiß ist es wirklich zwischen euch? Mach diesen Test, zähle die Gradzahlen zusammen und finde es heraus!

Wenn du ihn/sie siehst ...

1° Freust du dich und suchst seine Nähe.
2° Drehst du durch und möchtest am liebsten gleich losküssen.
3° Du umarmst sie/ihn ungestüm und lässt sie/ihn gar nicht mehr los.

Wenn er/sie dich sieht ...

1° Freut er/sie sich und sucht deine Nähe.
2° Dreht er/sie durch und möchte gleich losküssen.
3° Umarmt er/sie dich fest und lässt dich nicht mehr los.

Mit dir ist er/sie sehr ...

1° Schüchtern, immer Schritt für Schritt.
2° Er/sie geht ran, aber übertreibt es nicht ...
3° Romantisch und immer auf der Suche nach einer leidenschaftlichen Umarmung.

Und du bist sehr ...

1° Schüchtern, immer Schritt für Schritt.
2° Entschlossen, aber übertreibst es nicht ...
3° Romantisch und immer auf der Suche nach einer leidenschaftlichen Umarmung.

Seit ihr zusammen seid ...

1° Habt ihr euch ein bisschen besser kennengelernt.
2° Habt ihr eine supertolle Zeit!
3° Könnt ihr gar nicht aufhören, euch zu küssen.

Wenn ihr euch küsst ...

1° Gebt ihr euch nur kleine Küsschen.
2° Sind eure Küsse sehr romantisch.
3° Tauscht ihr leidenschaftliche Zungenküsse.

Wenn ihr euch verabschiedet ...

1° Sagt ihr, dass ihr telefonieren werdet.
2° Macht ihr ein neues Treffen aus ...
3° Schickt ihr euch fünf Minuten später eine Nachricht, wie sehr ihr euch jetzt schon vermisst ...

AUSWERTUNG

(Zwischen 7° und 10°)
Kühlschrank
Zwischen euch ist noch weniger Feuer als im Eisfach! Entweder gebt ihr euch etwas mehr Mühe ... oder ihr sucht euch besser jemand anderen!

(Zwischen 11° und 14°)
Klare Anziehung!
Die Anziehung zwischen euch ist offensichtlich ... aber wer von euch traut sich, zur Sache zu kommen? Wenn du willst, dass es vorangeht: Einer muss den ersten Schritt tun ...

(Zwischen 15° und 18°)
Ganz schön heiß!
Ihr macht euch gegenseitig ganz schön heiß. Viele Küsse, viel Spaß ... und ihr habt immer noch Lust auf mehr!

(Zwischen 19° und 21°)
Ihr brennt!
Das Feuer zwischen euch ist voll entfacht, und ihr verpasst keine Gelegenheit, euch anzufassen. Worauf wartet ihr noch?

LUST ☺

Lust und Verlangen sind Gefühle, die spontan entstehen und die **NICHT AUF BESTELLUNG** zu haben sind, sie tauchen einfach auf und sind da. Dann begehrst du jemanden, willst ihn küssen, berühren, mit ihm zusammen sein ... was immer sich ergeben mag. Aber solange du nicht weißt, wie dein Gegenüber darauf reagiert und ob deine Gefühle erwidert werden, solltest du dich lieber im Griff haben.

Fall nicht gleich mit der Tür ins Haus, etwas **SELBSTBEHERRSCHUNG** ist hier unbedingt angesagt! Einerseits, um den anderen nicht zu erschrecken und dir womöglich einen Korb zu holen. Andererseits, damit du nichts tust, **WAS DU SPÄTER BEREUEN KÖNNTEST.** Vorausgesetzt, du willst es nicht dabei belassen und dem anderen deine Gefühle verschweigen – was schade wäre, weil du dann vielleicht nie erfährst, wie der andere dich findet. Das Beste ist natürlich, wenn du dich traust, den ersten Schritt zu tun, wenigstens einen kleinen – und deine Gefühle erwidert werden.

Schon gewusst?

Im Film »Jäger des verlorenen Schatzes« hält der attraktive Hauptdarsteller eine Vorlesung vor einer Gruppe Studentinnen, die total auf ihn stehen. Eine von ihnen versucht seine Aufmerksamkeit zu erlangen, indem sie »Ich liebe dich« auf ihre Augenlider schreibt. Und obwohl sie damit seine Blicke auf sich zieht, erreicht sie nur, dass er nervös wird!

Das Objekt der Begierde

Es ist ein Unterschied, ob du jemanden begehrst oder **EINFACH NUR LUST AUF SEX** hast. Das solltest du nicht verwechseln! Wenn du einfach nur geil bist, kann es sein, dass du dein spontanes Verlangen auf irgendjemand projizierst, mit dem du unter anderen Umständen niemals etwas anfangen würdest. Mach dir klar: Es geht nicht um die Person, sondern **DU** bist heiß, egal auf wen. Das ist überhaupt nichts Schlimmes, aber du musst dir darüber im Klaren sein, dass dir das passieren kann ... und anderen genauso.

Mach dir klar, dass Lust auf Sex nicht automatisch Liebe bedeutet: Man kann jemanden sehr begehren, ohne sich jemals in ihn zu verlieben! Obwohl es manchmal wiederum auch der Anfang einer engeren Beziehung sein kann.

Will der/die andere auch?

Alles **BRAUCHT SEINE ZEIT.** Du solltest dir deswegen bewusst sein, dass in einer Beziehung jede Person unterschiedlich starke Gefühle hat und, wenn es um Sex geht, jeder sein eigenes Tempo fährt. Hör deshalb auf dich, aber auch

Er oder sie will dich, wenn er/sie …

- Dir in die Augen schaut, während du sprichst.
- Deine Aufmerksamkeit sucht.
- Seine Lippen mit der Zunge benetzt.
- Verführerisch lächelt.
- Seine Stimme sexy klingen lässt, wenn er mit dir spricht.
- Sich spielerisch an der Wange, am Kinn oder an den Haare berührt.

auf dein Gegenüber und … wenn dann der Moment gekommen ist, blättere um und lies auf der nächsten Seite weiter übers Flirten!

Unerwidert

Es ist total frustrierend, wenn du auf jemanden stehst, der nicht auf dich und deine Gefühle reagiert. Aber irgendwann wirst du **DARÜBER HINWEGKOMMEN.** Es gibt überhaupt keinen Grund, dich deswegen fertigzumachen oder gar zu denken, dass du nie wieder jemand so sehr begehren wirst und eh alles umsonst ist. Das fühlt sich für den Moment so an, aber sei ehrlich: Das ist Quatsch – und du weißt es!

Wenn dagegen du der-/diejenige bist, der nicht interessiert ist, sorg so schnell wie möglich für **KLARHEIT.** Du kannst weder etwas erzwingen, was du nicht fühlst, noch solltest du aus Mitleid falsche Erwartungen schüren und Missverständnisse heraufbeschwören. Sag so liebenswürdig wie möglich, was Sache ist, ohne den anderen dabei zu verletzen. Denk einfach daran, wie du in so einem Fall behandelt werden möchtest.

Schwärmerei

Du schwärmst für deinen Lehrer oder Ausbilder oder jemand, der dir gegenüber eine höhere Position hat? Oder dein Schwarm ist für dich **UNERREICHBAR** oder es handelt sich um eine verbotene Liebe? Steigere dich nicht hinein und **ÜBERLEGE ZWEIMAL,** bevor du etwas unternimmst, denn du könntest dich lächerlich machen und dein Verhalten bereuen. Selbst wenn du möglicherweise eine positive Antwort erhältst, enden diese Art von Beziehungen in der Regel nicht in einer wunderbaren Romanze. Eben weil die Situation unausgewogen ist, ob im Hinblick auf das Alter oder auf die sexuelle Erfahrung, ist so ein Verhältnis für keinen von beiden befriedigend. Manchmal ist es besser, die Sache zu vergessen, bevor sie überhaupt angefangen hat – und dir jemand anderen zu suchen.

ICH AN DEINER STELLE …

Ich bin in den Sänger meiner Lieblingsband verknallt. Ich denke den ganzen Tag an ihn, ich habe sämtliche Bilder von ihm aus dem Internet kopiert und kann nicht aufhören, sie mir anzuschauen. Ich folge ihm in den sozialen Netzwerken, damit ich weiß, was er macht. Bin ich in einen Promi verliebt? **P. L., 15**

Kann sein! Aber das ist nur eine Schwärmerei. Damit es echte Liebe wäre, müsste er wissen, dass es dich gibt. Bestimmt verliebst du dich bald in jemand anderen, der deine Gefühle erwidert! **CHUSITA**

FLIRTEN

Wenn du merkst, der andere steht auf dich, fang an zu **FLIRTEN, TURTELN, IHN ANZUMACHEN, ZU VERFÜHREN ...** Es gibt Tausende Wörter dafür, obwohl das gewünschte Ziel immer das gleiche ist: den anderen rumzukriegen!

Es sind die Momente, die du **VOLL UND GANZ** auskosten solltest, auch wenn sie dir viel zu lange vorkommen, denn tatsächlich sind sie eher kurz. Es ist die Zeit, in der du den ganzen Tag mit einem dämlichen Grinsen im Gesicht verbringst, der andere dir nicht aus dem Kopf geht und du merkst, du dem anderen auch nicht.

WAS FÜR EIN KICK!

Flirten macht Spaß, fühlt sich leicht und unbeschwert an. Meistens fängt es mit viel **KICHERN** und **WITZELN** an und führt vielleicht ... zum ersten Kuss! Lachen ist wichtig, weil es euch verbindet. Und miteinander reden natürlich auch, klar. Du solltest keine Gelegenheit versäumen, den anderen besser kennenzulernen.

KURIOSITÄTEN

Aus der Geschichte: Früher haben die Damen die Männer mit Fächern verführt! Es gab sogar eine eigene »Fächersprache«, um zu signalisieren, dass man zum Beispiel die Einladung annehmen würde oder mehr wollte.

Aus der Fotografie: Ein Matrose und eine Krankenschwester sind die Protagonisten eines der weltberühmtesten Küsse. Das Foto *Der Kuss* wurde 1945 während der Festivitäten anlässlich des Endes des Zweiten Weltkrieges aufgenommen und in der Zeitschrift *Life* veröffentlicht.

Aus der Literatur: Zahlreiche Autoren haben über die Figur des Don Juan geschrieben, der sämtliche Frauen verführt und erobert hat, die ihm über den Weg liefen.

Aus dem Kino: Der Film *Grease* zeigt die Geschichte eines Paares, das einen Sommerflirt hatte. Als der Sommer vorbei ist und sie denken, dass sie sich für immer trennen müssen, treffen sie sich durch einen Zufall wieder ... und das Spiel beginnt von Neuem.

Aus der Tierwelt: Manche männlichen Vögel, wie etwa der Pfau, haben ein besonders prächtiges Gefieder, um bei den Weibchen Eindruck zu machen. Der Paradiesvogel präsentiert nicht nur seine Schmuckfedern, während er balzt, er singt und tanzt auch noch dazu.

Flirten weckt auch jede Menge **TRÄUME** und Fantasien. Je mehr du flirtest und deine Hoffnungen erwidert werden, desto mehr erwartest du. Aber pass auf, dass du nicht abhebst! **BLEIB REALISTISCH,** nicht dass du später enttäuscht bist, weil du zu viel wolltest.

Im Flirtmodus

Ihr mögt euch, ihr tauscht eure Telefonnummern, ihr folgt euch in den sozialen Netzwerken, schickt euch gegenseitig witzige Kommentare und postet jede Menge Emoticons – so umwirbt man sich im 21. Jahrhundert! Doch zwischen einem geschriebenen Lachen, einem gemalten Lächeln und dem Hin- und Herschicken von Emoticons musst du den Moment herausfinden, um dein echtes Lachen und deine echten Gefühle mit dem anderen **LIVE UND IN FARBE** zu teilen. Verabredet euch, ob in Schule, Uni, Park oder wo auch immer ihr euch sonst trefft, oder in einem Café oder Kino. Das ist der nächste Schritt und **OHNE IHN GEHT NICHTS,** wenn du mehr willst!

Flirt-Indikatoren – Er/sie …

- Zwinkert dir zu.
- Klimpert oft mit den Wimpern, wenn er dich anschaut.
- Schickt dir romantische Emoticons.
- Lacht und grinst oft, wenn du mit ihm redest.
- Berührt dich flüchtig.

Negativ!

- Schaut dich nicht mal an, wenn du dich direkt neben ihn setzt.
- Hört allen anderen mehr zu als dir.
- Antwortet nicht auf deine Nachrichten.
- Verschränkt die Arme, wenn du mit ihm redest.
- Meidet dich und macht, dass er wegkommt, sobald er dich sieht.

KÜSSEN ...

Wenn du jemanden willst und der andere dich auch, gibt es irgendwann die ersten Küsse. Richtige Küsse, nicht nur Küsschen zum Abschied oder einen von der Sorte, die man bei »Wahrheit oder Pflicht« bekommt. Den ersten heiß ersehnten Kuss zwischen euch gilt es **AUSZUKOSTEN,** am besten ohne jede Eile und voller Hingabe. Es ist ein Kuss, den ihr beide wollt!

Selbst wenn du noch nie im Leben jemanden geküsst hast, musst du jetzt nicht wie verrückt im Internet nach Anleitungen suchen oder deinen Arm abknutschen. Küssen ist etwas, was wir alle instinktiv können. **KEINE ANGST!** Wenn deine Lippen die des anderen treffen, weißt du, wie du weitermachen musst. Du brauchst kein Handbuch dafür! Außerdem ist Küssen etwas, was mit der Erfahrung immer besser wird.

Schon gewusst?

Früher war Küssen in der Öffentlichkeit nicht üblich. Erst im fortgeschrittenen 20. Jahrhundert fingen die Leute damit an, es einfach in aller Natürlichkeit zu tun. Trotzdem gibt es immer noch viele Gesellschaften, in denen Küssen tabu und in Orten wie Iowa in den Vereinigten Staaten, oder Dubai, in den Arabischen Emiraten, sogar verboten ist.

Trotzdem kann es natürlich sein, dass du dich dabei wie ein Anfänger fühlst. Zum Beispiel, wenn eure Zähne beim Küssen aufeinanderknallen oder zu viel Spucke im Spiel ist, wenn du den anderen beißt, ohne es zu merken, oder euer Kussrhythmus nicht übereinstimmt. Sollte dir so etwas passieren, **LACH EINFACH** darüber und mach weiter. Mach dir keinen Kopf, das ist ebenso schnell vergessen, wie es geschehen ist.

Wir küssen uns!

Bei den ersten, schüchternen Küssen machen die meisten die **AUGEN ZU.** So spürst du viel besser die Berührung, die Sinnlichkeit der Lippen, den Druck ... Beim Küssen vereinigen sich aber nicht nur die Lippen. Während du deinem Gegenüber so nahe bist, Gesicht an Gesicht, spürst du auch seinen Atem, seinen Herzschlag ...

Vielleicht bist du auch neugierig und willst die **AUGEN** wieder **AUFMACHEN,** um den anderen anzuschauen. Mach das, so kannst du sehen, ob es ihm/ihr genauso gefällt wie dir. Nur: Jemanden zu beobachten, der sich unbeobachtet fühlt, um es dann womöglich herumzutratschen, ist nicht okay. Lass dich lieber mitreißen, **GENIESSE DEN MOMENT** und mach das Beste daraus.

Basics

- Sorge für frischen Atem. Putz deine Zähne und kaue einen Minz-Kaugummi.
- Crem dir die Lippen ein, falls sie sehr trocken sein sollten.
- Nimm deinen Kaugummi vor dem Küssen aus dem Mund, das kann sonst sehr unangenehm werden.
- Trink vorher Wasser, damit du keinen trockenen Mund hast.
- Wenn du ein Mädchen bist, schmink deine Lippen nicht zu stark.
- Wenn du ein Junge bist, rasier dich, damit dein Bart nicht kratzt.
- Öffne deinen Mund nicht zu weit und steck deine Zunge nicht zu tief rein.

ICH AN DEINER STELLE …

Hallo, ich habe eine feste Zahnspange, und das Mädchen, das mir gefällt, hat auch eine. Gibt es ein Problem, wenn wir uns küssen? **J. M. S., 14**

Nein, es gibt überhaupt kein Problem, ihr müsst nur etwas aufpassen, damit ihr euch nicht verletzt oder verhakt – auch wenn du vielleicht ganz gern für immer mit ihr verbunden sein möchtest! **CHUSITA**

... UND NOCH MEHR KÜSSEN

Wenn mit dem ersten Kuss erst mal das Eis zwischen euch gebrochen ist, öffnet sich eine völlig neue Welt. Die Leidenschaft wird größer und allmählich kommt die **ZUNGE** ins Spiel. Was mit einer sanften Berührung der Zungenspitzen beginnt, kann nach und nach in eine wilde Knutscherei nach allen Regeln der Kunst ausarten.

Alles eine Kunst!

Die Zungen zweier Münder zusammenzubringen, ist nicht wirklich schwer, aber wie immer ... alles eine Frage der Übung! Für einen wirklich guten **ZUNGENKUSS** gibt es ein paar Dinge zu beachten. Steck zum Beispiel deine Zunge nicht einfach in den Mund des anderen

Kuss-Varianten

Geklauter Kuss: Wird gegeben, ohne dass der andere ihn erwartet. Kann der Beginn von etwas sehr Intensivem sein – oder Ärger einfahren!

Küsschen: Flüchtige Berührung der Lippen, auch »Schnabelkuss« genannt. Typisch zwischen guten Freunden und am Anfang einer Beziehung.

Staccato-Kuss: Eine Folge von Mini-Küsschen, aber nicht so flüchtig und viel romantischer.

Zarter Kuss: Lippen an Lippen, den Mund leicht geöffnet, den Kopf zur Seite geneigt. Sehr, aber wirklich sehr verführerisch.

Schraubkuss: Die Lippen fest aufeinandergepresst und die Köpfe drehen sich, ganz wie der Name sagt, von einer Seite zur anderen. Auch Hollywoodkuss genannt, weil er sehr filmreif ist.

Saugkuss: Einer »saugt« an den Lippen des anderen. Sehr spielerisch, aber bitte nicht zu viel, weil sonst die Luft wegbleibt.

Knutschen: Zungenkuss mit allem Drum und Dran und ineinander versunkenen Mündern.

Bohrkuss: Ein intensiver Zungenkuss, der fast bis zum Schlund kommt. Mag nicht jeder ...

Forscherkuss: Wird nicht auf den Mund gegeben, sondern am ganzen Körper ...

und lasse sie dort wie ein Stück Fleisch herumhängen. Und schon gar nicht darfst du sie so weit reinstecken, dass der andere daran erstickt. So ein Kuss ist wie ein Spiel zweier Zungen. Die Zunge ist voller Nervenenden und ihre Berührung ist höchst sinnlich, deswegen solltest du mit deiner Zunge nicht wild herumkurbeln, als wäre sie eine Waschmaschine im Schleudergang, sondern dich behutsam vortasten und **GENÜSSLICH** mit der Zunge des anderen spielen ... Ach, und vergiss nicht, zwischendurch zu atmen, sonst kippst du noch um!

Mehr und immer besser!

Wenn du einmal herausgefunden hast, wie es geht und wie sehr es dir gefällt, wirst du schnell merken: Es gibt **TAUSEND ARTEN ZU KÜSSEN!** Jeder Kuss ist anders, und es gibt unendlich viele Möglichkeiten. Mal mehr, mal weniger intensiv, innig oder schnell. Probier es aus und erweitere deinen Horizont.

Jenseits vom Mund

Küssen ist nicht nur ein Spiel mit dem Mund. Küsschen auf die Nase sind beispielsweise sehr spielerisch und romantisch, während Küsse auf sehr empfindliche Stellen wie Augenlider Ausdruck von Zärtlichkeit sind und sich an den Ohrläppchen wunderbar knabbern lässt. Für den erotischen Kick wiederum spielst du mit deiner Zunge in der Halsbeuge ...

Ein kleiner Tipp

Mach dem anderen keinen Knutschfleck, ohne vorher um Erlaubnis zu fragen. Es ist alles andere als toll, plötzlich am Hals so einen »Liebesbeweis« zu entdecken.

BERÜHREN

Leidenschaftliche Küsse haben selbstverständlich auch Berührungen zur Folge! Wenn zwei Körper sich so nahe kommen, wissen die Hände manchmal nicht, was sie dabei tun sollen. **STREICHELT UND UMARMT** euch, so macht nicht nur das Küssen mehr Spaß, es öffnet euch dazu ein Universum an neuen Empfindungen. Jemanden zu berühren, heißt immer auch, ihn zu spüren – ein **GEBEN UND NEHMEN.**

Am Anfang geht ihr besser nicht gleich aufs Ganze, sondern nehmt Umarmungen und Zärtlichkeiten, wie sie kommen. Gegenseitige Berührungen an Haaren, Hals und Hüfte … passieren spontan, und ganz automatisch wollt ihr **MEHR** vom anderen erkunden.

Achte darauf, dass du dabei keine Grenzen überschreitest und nichts tust, was du oder der andere eigentlich nicht möchtet. Es kommt vor, dass beide sich nur streicheln, **OHNE SICH AUSZUZIEHEN,** und wissen, es bleibt dabei. Und dann gibt es Momente, da ist das der Startschuss für mehr. Streichle den anderen lieber erst einmal über der Kleidung und finde heraus, ob er es mag oder nicht, dass du ihn berührst. Jemanden zärtlich zu erkunden, **IST EINE KUNST FÜR SICH!** Aber eine schöne!

Sich gegenseitig über der Kleidung zu streicheln, bedeutet nicht automatisch, dass ihr weiter gehen müsst, wenn gerade nicht der richtige Moment ist.

O-TON CHUSITA

Ein Mädchen berühren

Mädchen haben oft ein besonderes Verhältnis zu ihrem Haar. Sie genießen es, wenn du sie dort berührst, und entspannen sich. Genauso ist es mit den Ohrläppchen. Schultern und Nacken sind ebenfalls **SEHR SENSIBLE REGIONEN.** Massiere und streichle sie sanft mit den Fingen, das finden Mädchen sehr angenehm.

Sosehr du auch Lust hast, ihre **BRÜSTE ZU BERÜHREN,** tu das nicht gleich bei der erstbesten Gelegenheit! Beschäftige dich mit ihren Schultern, der Taille, den Hüften, ihren Oberschenkeln … und dann arbeite dich langsam nach oben, sanft beginnend vom Bauchnabel aus. Achte dabei immer auf ihre Reaktion. Wenn sie es nicht mag, hör auf. Ansonsten gilt: Der Busen ist ein **HÖCHST EMPFINDSAMER TEIL** des weiblichen Körpers. Bei Erregung werden die Brüste fester und die Brustwarzen richten sich auf, was sich natürlich unter dem T-Shirt abzeichnet. Wenn ihr es beide mögt, kannst du die Brustwarzen sanft streicheln, zunächst mit der Fingerspitze oder später mit mehreren Fingern, sogar mit der ganzen Hand oder mit beiden Händen. Und wenn die Sache so richtig heiß wird, kannst du ihr später mit einer Hand nicht in die Hose, aber zwischen die Beine greifen.

Einen Jungen berühren

Jungs sind normalerweise im Nacken sehr berührungsempfindlich. Sie dort zu streicheln und zu halten, gibt ihnen ein Gefühl der **SICHERHEIT.** Du kannst, zum Beispiel, seinen Nacken mit zwei Fingern deiner offenen Hand massieren und dich langsam nach oben durch seine Haare in Richtung Kopfhaut arbeiten. Wenn er Ohrringe oder Piercings trägt, spiele mit ihnen, denn bestimmt befinden sie sich in einer ganz besonders empfindsamen Stelle. Aber sei vorsichtig, das kann auch leicht wehtun. Ob muskulös oder nicht, Schulterblätter und Oberarme stehen bei Jungs immer unter Spannung. Streichle sie, das **ENTSPANNT UND ERREGT** ihn zugleich.

Sosehr du auch Lust hast, ihm **AN DEN PENIS ZU FASSEN,** tu es nicht gleich bei der erstbesten Gelegenheit. Fahre seine Wirbelsäule entlang, die Hüften, seinen Hintern, seine Oberschenkel ... und dann nähere dich langsam der Vorderseite, durch die Hosentasche und mit viel Gefühl. Wenn du merkst, dass er es nicht mag, hör auf. Der Penis ist ein **HÖCHST EMPFINDSAMER TEIL** des männlichen Körpers: In solchen Situationen wird er groß und steif und kann sich deswegen unter der Kleidung für den Jungen unangenehm anfühlen. Streichle ihn sanft, zunächst mit der offenen Hand und dann mit den Fingern am Hosenschlitz entlang auf und ab, je nachdem, wie ihr das mögt.

... UND NOCH MEHR BERÜHREN

Sich zu küssen und zu berühren, bringt eine andere Art von Vertrautheit mit sich. Und allmählich ist da dieses Gefühl nach mehr, ihr wollt euch gegenseitig entdecken, spüren, fühlen – und zwar **AM GANZEN KÖRPER.**

Wenn ihr gemeinsam den nächsten Schritt tun und euch körperlich noch näher kommen wollt, übereilt nichts und setzt euch nicht gegenseitig unter Druck. Die Chemie zwischen euch bestimmt den Weg und den Rhythmus, in dem ihr vorangeht.

Sich noch näher kommen

Es ist nicht immer so einfach, herauszufinden, wann der passende Moment für intime Berührungen und mehr gekommen ist. Dem anderen **UNTER DIE KLAMOTTEN** zu gehen, erfordert Feingefühl! Taste dich allmählich vor, fang mit Küssen an und streichle ihn/sie erst mal über der Kleidung – das alles natürlich an einem ruhigen Ort und nur, solange der/die andere einverstanden ist. Wenn es passt, könnt ihr einen Schritt weitergehen.

Wenn du merkst, deinem Partner gefällt nicht, was du da gerade machst, hör auf und **VERSUCHE ETWAS ANDERES.** Es hilft, wenn ihr euch gegenseitig sagt, was ihr mögt und was nicht.

Zeig deinem Partner, **WO DU GERN BERÜHRT** werden möchtest, ob an der Brust, am Hintern, an den Schamlippen oder an den Hoden ... Vielleicht traut er/sie sich und tut es! Wenn nicht, lass ihm/ihr Zeit. Und wenn doch, viel Spaß!

Petting bei Mädchen

Wenn du ein Mädchen über dem T-Shirt am Busen gestreichelt hast, kannst du es vermutlich kaum erwarten, dort auch ihre nackte Haut zu berühren! **CHECK DAS TERRAIN** mit Fingerspitzengefühl. Streichle ihre Brüste mit der offenen Hand und spüre ihre Größe. Dann stimulier die Brustwarzen mit den Fingerspitzen, vorsichtig und sehr liebevoll, denn sie sind empfindlich.

Bevor du deine Hand unter ihren Rock oder in ihre Hose schiebst, versichere dich, ob sie dazu

Kleiner Tipp

Wenn du ein Mädchen bist, ziere dich nicht wie eine MÄRCHENPRINZESSIN, die denkt, sie bräuchte nichts zu tun. Wenn du ein Junge bist, werde nicht zum NEANDERTALER, der nur an seine eigene Befriedigung denkt. Jeder sollte gleichzeitig selbst Lust empfinden und dem anderen Lust verschaffen.

bereit ist. Mädchen mögen es nicht, wenn du mit der Tür ins Haus fällst. Und komm bloß nicht auf die Idee, ihr sofort einen Finger in die Scheide zu stecken! Taste dich behutsam vor, befühl die Schamlippen und spüre, wie sie auf dich reagiert – und ob sie mehr will. Und lies das Kapitel über Masturbation!

Petting bei Jungs

Selbst wenn du seinen Penis schon durch seine Hose gestreichelt und erregt hast, ist es für einen Jungen viel schöner, wenn du **AM OBERKÖRPER** anfängst und ihm langsam unter die Klamotten gehst. Beginne mit der Hand unter seinem Hemd, berühre und streichle seine Brust, stimulier seine Brustwarzen, denn sie sind sehr sensibel. Und dann fahr langsam den Bauch hinab, um die Gegend um seinen Hosenbund herum zu erkunden, und öffne den Reißverschluss.

Wenn die Erektion erst anfängt, musst du seinen Penis sanft und stimulierend behandeln, damit er groß wird. Wenn im Gegenteil der Penis bereits hart und steif ist, kannst du aufs Ganze gehen. Jungs mögen es in ihrer Erregung, wenn sie überrascht werden. Streichle die Eichel und spiel mit dem Schaft. Und lies das Kapitel über Masturbation!

Suche Situationen, die euch beide anmachen, denn wahre Lust entsteht nur, wenn ihr beide Spaß dran habt!

O-TON CHUSITA

NACKT

Es ist nicht das erste Mal, dass ihr euch berührt, es wird mehr und heftiger, ihr steht auf eure Körper, Ort und Zeit stimmen – und jetzt wollt ihr euch gegenseitig **NACKT** spüren! Lass dich an dieser Stelle nicht von deinem Schamgefühl ausbremsen, das Gefühl kennt jeder, vor allem am Anfang. Wenn ihr bis hierhin gekommen seid, dann weil ihr euch so mögt, wie ihr seid.

Oft helfen sich beide gegenseitig beim **AUSZIEHEN.** Einfacher ist es natürlich, vor allem bei den ersten Malen, wenn sich jeder selbst auszieht, weil es auf diese Weise keinen Stress mit BH-Verschlüssen oder Ähnlichem gibt. Kann sein, dass einer mehr Erfahrung hat als der andere und die Sache in die Hand nimmt, also zunächst sich selbst auszieht und dann dem anderen dabei hilft.

Spielregeln

- Schäm dich nicht für deinen Körper und entschuldige dich nicht für ihn.
- Beurteile deinen Partner nicht und stell sein Äußeres nicht infrage.
- Fang keinen Wettstreit darüber an, wer von euch beiden besser in Form ist.
- Zeig deinen Körper so, wie er ist.
- Bewundere den Körper des anderen und sorg dafür, dass er sich gut fühlt.

Geht danach, wie es für euch am besten passt und wie ihr euch am wohlsten fühlt, Jede Situation ist anders und kann irgendwie gelöst werden und letztendlich kommt am Schluss immer dasselbe dabei heraus: **ZWEI NACKTE KÖRPER.**

ICH AN DEINER STELLE …

Ich schäme mich, mich vor meinem Freund auszuziehen. Obwohl wir uns schon überall unter den Klamotten berührt haben, hat er mich noch nie völlig nackt gesehen. Was soll ich tun? **M. J. R., 16**

Erst einmal musst du dich in deinem Körper wohlfühlen! Bereite dich darauf vor: Ziehe dich alleine vor dem Spiegel aus und betrachte all die schönen Dinge an dir. Sag dir laut, wie schön du bist! Das stärkt dein Selbstvertrauen und dein Selbstwertgefühl. Denk außerdem daran, dass du mit deinem Freund zusammen bist, weil er dich sehr mag und Lust hat, dich zu sehen und mit dir zusammen zu sein, und zwar genau so, wie du aussiehst! Und ganz bestimmt hast du auch Lust, ihn nackt zu sehen. **CHUSITA**

Geschönte Bilder

Tag für Tag zeigen uns Werbung, Kino und Medien wunderschöne, durchtrainierte und erotische Körper. Leider ist die Wirklichkeit weit von diesem Idealbild entfernt. Bevor du dich also nackt ausziehst und anschauen lässt, muss dir klar sein: **KEIN KÖRPER IST PERFEKT!** Vergiss die vorgefertigten Bilder in deinem Kopf und die falschen Mythen. Nur so schaffst du es, Komplexe und Unsicherheit zu überwinden – deine eigenen und die deines Partners.

Hab keine Angst vor deiner eigenen Nacktheit! Versuch dich in deinem Körper wohlzufühlen, dann ist es auch zu zweit viel einfacher.

O-TON CHUSITA

In Unterwäsche

Es gibt Leute, die stehen auf **UNTERWÄSCHE.** Sie lieben es, ihren Partner darin anzuschauen, bevor sie ihn ausziehen. Dabei muss es sich noch nicht einmal um besonders raffinierte Unterwäsche handeln: Einfache Shorts oder Slips aus Baumwolle reichen schon. Auf alle Fälle gilt: Zeig dich nur in deiner Unterwäsche, wenn du es auch willst. Und denk daran, dass es nicht zwangsläufig so sein muss. Du kannst sie auch einfach zusammen mit deinen restlichen Klamotten ausziehen, wenn dir dabei wohler ist.

Striptease?

Wenn du deinen Partner erst kennenlernst und dich das erste Mal vor ihm ausziehst, **VERGISS DIE STRIPTEASE-SZENEN** aus irgendwelchen Filmen und überlasse sie den Schauspielern. Solange du nicht extra geübt hast oder ihn just for fun auf besonders witzige Weise machst, kann ein Striptease schnell lächerlich werden und den gegenteiligen Effekt erzielen. Meiner Meinung nach gibt es wenig Unerotischeres, als wenn sich jemand die Socken auszieht und dabei stolpert.

Schon gewusst?

Der berühmteste Film-Striptease ist über zwanzig Jahre alt! Kim Basinger aus dem Film »Neuneinhalb Wochen«, ihr Tanz und die Musik dazu sind das Vorbild für die meisten Striptease-Vorstellungen.

ES IST MIR PEINLICH ...
ICH BIN TOTAL DÜRR, EGAL WIE VIEL ICH ESSE ...
ICH HABE EINE NARBE AM OBERSCHENKEL ...
MIR GEFALLEN DIE HAARE NICHT, DIE MIR WACHSEN ...
KOMM, WIR MACHEN ES GLEICHZEITIG, OKAY?
AUF DREI ...
EINS ...
ZWEI ...
DREI!

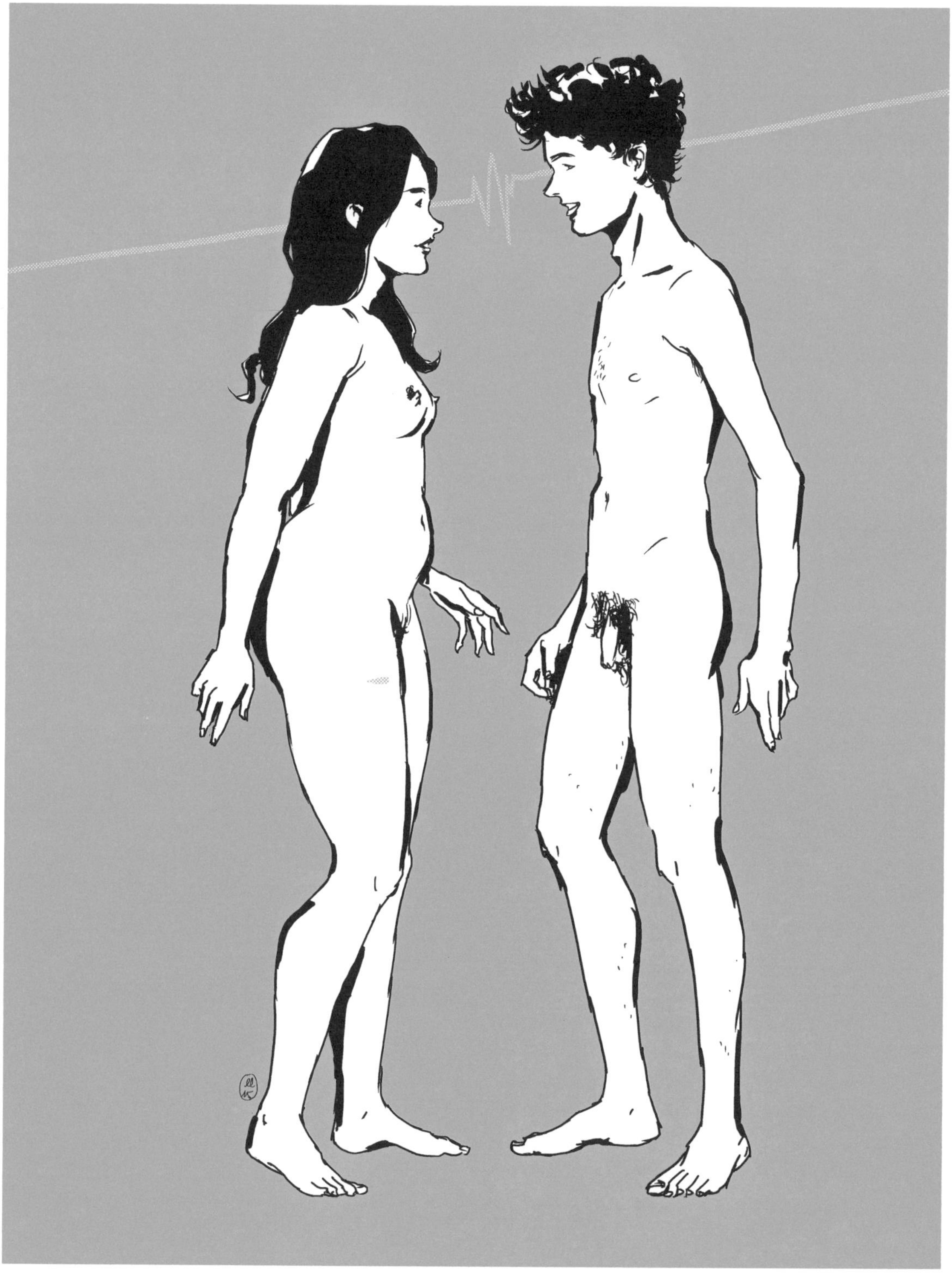

... TUN WIR ES!

KOMMEN WIR ZUR SACHE?!

Früher oder später kommt für jeden der Tag, an dem klar wird: Die Zeit der Jungfräulichkeit ist vorbei, ab sofort gehört Sex zu meinem Leben. Es ist eine **PERSÖNLICHE ENTSCHEIDUNG,** die du in aller Ruhe auf verantwortliche Weise treffen solltest. Und vor allem: weil du Lust darauf hast!

Es ist absolut okay, dich auf diesen besonderen Moment vorzubereiten. Du kannst ihn lange vorausplanen oder ... er kommt plötzlich und unerwartet! Wie dem auch sei, vor allem beim ersten Mal, **ERZWINGE NICHTS.**

Erwartungen

Der erste »richtige« Sex in deinem Leben ist logischerweise eine **WICHTIGE ERFAHRUNG.** Ohne Frage gibt es viele Mythen rund ums »erste Mal«, und du musst nicht alles glauben, was die anderen sagen. Es gibt Leute, die betonen, wie wundervoll alles ist, dass ein Feuerwerk explodiert, dass du in den Himmel fliegst, andere sind tief enttäuscht ... **MACH DICH FREI DAVON** – und mach deine eigenen Erfahrungen. Meistens ist es beim ersten Mal noch nicht gleich ein Feuerwerk und braucht ein bisschen Übung.

MACH DICH NICHT VERRÜCKT, ob du es gut machst oder nicht, ob du attraktiv bist – und denk nicht daran, was der andere denken könnte ... Versuch dich zu entspannen, konzentrier dich auf deine Gefühle und genieß den Moment.

Was man noch so sagt

Präservativ
Gummi
Verhüterli
Kondom
Pariser
Überzieher

Geschlechtsverkehr
Vögeln
Zusammen schlafen
Pimpern
Schäferstündchen
Matratzensport
Nummer schieben
Es treiben
Ficken
Bumsen
Poppen

Orgasmus
Explodieren
Höhepunkt
Kommen

LÜGENMÄRCHEN

CHUSITA räumt mit Mythen auf

»Wenn ein Mädchen beim ersten Mal nicht blutet, war sie keine Jungfrau mehr.«

VON WEGEN! Manchmal geht das Hymen vorher kaputt, aus unterschiedlichen Gründen, oder erst danach. Auf alle Fälle sollte das, mitten im 21. Jahrhundert, schlichtweg keine Bedeutung haben.

»Mit Kondom macht Sex keinen Spaß!«

MACHEN WIR UNS NICHTS VOR:
ES IST ANDERS! Aber vor allem musst du an dich und deine Gesundheit denken und sollst dir keine unangenehme Überraschung einfahren. Dich zu schützen, steht über allem! Außerdem kannst du mit einem Präservativ immer noch sehr viel Spaß haben!

»Durch viel Sex leiert die Vagina aus.«

NEIIIIN! Die Vagina wird nicht weiter, nur weil du sexuell aktiv bist, ganz im Gegenteil: Durch den Geschlechtsverkehr wird die Muskulatur gekräftigt und gestärkt.

»Einen Orgasmus bekommt man nur beim Geschlechtsverkehr.«

DAS STIMMT NICHT! Einen Orgasmus kann man genauso gut durch Stimulation von Klitoris, Penis oder Anus bekommen sowie durch Selbstbefriedigung oder Oralsex.

»Beim Sex muss man laut schreien.«

IM KINO VIELLEICHT. Ob jemand laut stöhnt oder schreit oder nicht, ist etwas, was sich von selbst ergibt. Jeder drückt sich beim Sex so aus, wie er Lust hat.

»Ein Junge kann nicht Nein sagen.«

FALSCH! Ein Junge kann immer Nein sagen zu Sex, wann immer er keine Lust hat, genau wie Mädchen auch. Jeder kann Nein sagen!

Beim Sex müssen BEIDE auf ihre Kosten kommen. Sei kein Egoist!

O-TON CHUSITA

TEST

BIST DU BEREIT FÜRS ERSTE MAL?

Manchmal hast du Lust ... und dann wieder nicht. Es reizt dich und gleichzeitig hast du Angst. Was willst du wirklich? Mach diesen Test, zähl die Punkte zusammen und finde es heraus.

An dein erstes Mal denkst du ...

- • Ehrlich gesagt kaum.
- •• Manchmal, wenn du Lust bekommst.
- ••• Sehr oft, du kannst es gar nicht verhindern.

Wie gut bist du über Sex informiert ...

- • Nicht besonders. Du müsstest dich eigentlich informieren!
- •• Du weißt, wie die Sache läuft, aber hast noch viele Fragen.
- ••• Gut. Du hast viel darüber gelesen und weißt Bescheid.

Du siehst dich als ...

- • Jemand, der unsicher ist und viele Zweifel hat.
- •• Jemand, der sich von seinen Emotionen leiten lässt.
- ••• Jemand, der seine Impulse kontrolliert und weiß, was er will.

Dein Beziehungsstatus ist ...

- • Single, es gibt auch niemand Spezielles.
- •• Dir gefällt jemand ganz besonders, aber es gibt noch keine klaren Verhältnisse.
- ••• Du hast einen Partner ... und viele Zweifel!

Am stärksten ist bei dir ...

- • Die Vernunft: Du denkst zu viel nach.
- •• Die Intuition: Du liegst nie falsch.
- ••• Die Leidenschaft: Sie überkommt dich einfach.

Du bekommst Lust, wenn ...

- • Kommt selten vor, um nicht zu sagen, fast nie.
- •• Dich jemand küsst und berührt, den du magst.
- ••• Du mit jemandem zusammen bist, für den du schwärmst, oder wenn du an ihn denkst.

Nach einem romantischen Treffen ...

- • Fühlst du dich glücklich und möchtest es wiederholen.
- •• Kannst du nicht aufhören, an den anderen zu denken.
- ••• Bist du so erregt, dass du dir einen Ort suchst, an dem du alleine bist, um den Druck loszuwerden.

AUSWERTUNG

(Zwischen 7• und 10•)

Keine Spur

Du steckst voller Unsicherheiten und zeigst nicht genügend Selbstvertrauen, um etwas anzufangen. Lass dir Zeit!

(Zwischen 11• und14•)

Weder Ja noch Nein

Obwohl du manchmal denkst, jetzt wärst du so weit, bist du dir dann doch wieder nicht sicher. Mach dich nicht verrückt! Wenn die Sache ernst wird, weißt du Bescheid.

(Zwischen 15• und 18•)

Du bist kurz davor

Du hast Lust, aber bis jetzt noch nicht den passenden Partner gefunden ... er wird ganz bestimmt kommen!

(Zwischen 19• und 21•)

Du bist eine Love-Machine!

Du wünschst es dir, weißt mit wem und es fehlt nur noch ... das richtige Timing! Aber das ist eine andere Geschichte. Sei bereit!

Kleiner Tipp

Sex im realen Leben ist etwas völlig anderes als der, den du im Fernsehen oder in Filmchen siehst, weil dort alles total übertrieben ist! Vergleich dich bloß nicht damit und setz dir keine utopischen Ziele. Lebe DEIN erstes Mal.

Spiel und Vorspiel

Sex haben heißt nicht, gleich zur Sache kommen. **ÜBERSTÜRZE NICHTS,** nimm dir die Zeit, die du brauchst, verführe und lass dich verführen – mit Küssen und kleinen Spielchen.

Genießt das Vorspiel mit seinen lustvollen Momenten! Gerade bei den ersten Malen ist es wichtig, denn bei diesen Zärtlichkeiten, die euch beiden Spaß machen, könnt ihr lockerer werden, euch gegenseitig besser kennenlernen und herausfinden, ob ihr wirklich mehr wollt.

Und mach dir klar: Es muss nicht zum Geschlechtsverkehr kommen! Wenn einer oder beide noch nicht bereit sind oder etwa die Zeit knapp ist, kann Petting oder Oralsex eine absolut gleichwertige und befriedigende Alternative sein.

Fang mit Küssen an, so zärtlich und gefühlvoll, wie du magst.

Mach mit den Händen weiter. Die Haut ist unser größtes Sinnesorgan, warum also nicht zärtlich streicheln, küssen, stimulieren und liebkosen?

Schau dein Gegenüber intensiv an, sag ihm Zärtlichkeiten oder Dinge, die euch anmachen.

Was hältst du von erotischen Spielchen? Wenn du mehr darüber wissen willst, lies das Kapitel »Fantasien und Spiele«.

Tu ES, wenn ...

- Du ausreichend Vertrauen in den anderen hast, diesen Schritt zu tun.
- Du dir sicher bist, dass ihr es beide wollt.
- Du dich ausreichend informiert und eine Verhütungsmethode gewählt hast.
- Ihr einen passenden Ort gefunden habt, an dem ihr euch wohlfühlt.
- Ihr genügend Zeit habt, alles in Ruhe auszuprobieren.

Tu ES nicht, wenn ...

- Du es nur machst, um den anderen für dich zu gewinnen.
- Du eigentlich nicht willst, dich aber vom anderen unter Druck gesetzt fühlst.
- Du weder ein Kondom noch ein anderes Verhütungsmittel einstecken hast.
- Der Ort dir nicht die Privatsphäre bietet, die du brauchst.
- Ihr kaum Zeit habt, alles in Ruhe auszuprobieren.

Falsche Vorbilder

Wahrscheinlich hast du schon tausend **SEX-SZENEN** im Kino oder im Fernsehen gesehen. Aber mach dir klar, dass Sex, also der richtige, etwas völlig anderes ist als der, den uns diese Bilder zeigen. Weder sind alle Mädchen Dessous-Models noch alle Jungs muskelbepackte Adonisse, und in den wenigsten Fällen lässt ein einziger Blick zwei Menschen hemmungslos wie Tiere übereinander herfallen.

Fall nicht auf Pornos rein, Sex ist nicht immer völlig wild und hemmungslos, sondern oft auch sanft und zärtlich. Vor allem am Anfang ist er eher das **TOTALE GEGENTEIL,** weil ihr erst üben müsst. Je mehr Erfahrungen ihr sammelt, desto besser wird es! Erzwingt es nicht. Macht euch keinen Kopf und folgt euren Gefühlen, je entspannter ihr damit umgeht, desto leichter ist es für euch beide. Stellungen ergeben sich von alleine, während eure Lust und Leidenschaft wächst, und was den Rhythmus angeht, geht es lieber erst mal langsam an.

Zu zweit

Sex zu zweit bedeutet, dass **BEIDE AUF IHRE KOSTEN KOMMEN** und ihr euch gleichermaßen hingebt. Weder ist in heterosexuellen Beziehungen automatisch das Mädchen die Passive und der Junge der Dominierende, noch muss in den LGTBI-Beziehungen einer die schwache und der andere die starke Rolle übernehmen. Das ist überhaupt nicht zeitgemäß und ein Rückfall in

Mach dich nicht verrückt mit …

Der Unterwäsche: In Wirklichkeit achten weder Frauen noch Männer so sehr darauf, wie alle denken. Wenn du magst, zeig dich darin, und wenn nicht, zieh sie aus, ganz wie du willst – und was du trägst, sollte dir stehen.

Deinem Körper: Es ist deiner, der, den du hast, und wenn du mit deinem Partner bis hierhin gekommen bist, findet er ihn sicher wunderbar. Fühl dich wohl in ihm, spiele mit seinen Möglichkeiten und genieße ihn (und seine Lustmomente) in vollen Zügen.

Dem Rasieren: Weder zwingend noch nötig, und zwar an keiner Körperstelle. Es gibt Menschen, Frauen wie Männer, die sich wohler fühlen, wenn sie rasiert sind. Anderen wiederum ist das völlig egal.

Denk unbedingt an …

Die Hygiene: Alles an dir sollte sauber sein, vor allem dein Intimbereich. Vielleicht ist es eine gute Idee, vorher gemeinsam zu duschen, wenn sich die Gelegenheit dazu ergibt, das macht es für beide angenehmer – und steigert die Erregung.

Verschiedene Kondome: Richtig, verschiedene, vor allem, wenn du noch nicht so viel Erfahrung hast, weil wahrscheinlich die ersten hundert einfach schlecht sitzen, ganz gleich wie viele Artikel und Filmchen du vorher studiert hast. Kondomüberziehen lernt man am besten, indem man es tut.

Gleitgel: Es ist besser, immer welches dabeizuhaben, damit es zwischen euch nicht unangenehm trocken wird und die Sache besser flutscht. Ersatzweise könnt ihr immer Spucke nehmen.

veraltete Rollenklischees. Wir alle sind mal sensibel oder passiv und mal stärker oder verführerischer, und wenn wir zu zweit sind, geben wir uns gegenseitig das, was wir gerade brauchen.

Einfach ausprobieren

Steck dir am Anfang keine zu hohen Ziele. Sex bedeutet NICHT automatisch Geschlechtsverkehr. Es gibt so viele Möglichkeiten, Sex zu zweit zu erleben, denn es ist **JEDES MAL ANDERS.** Schaut einfach, wonach euch ist und worauf ihr Lust habt, wie weit jeder von euch gehen will – und wie viel ihr gemeinsam ausprobieren wollt. Lasst eure Körper und Zungen miteinander spielen, berührt euch gegenseitig, genießt euer Petting – immer weiter und ohne Druck und allzu große Erwartungen.

Vielleicht findet ihr Petting wunderbar, und wenn ihr dann miteinander schlaft, seid ihr enttäuscht, weil ihr nicht so einfach zum Orgasmus kommt ... Vergleich dich niemals mit deinen Freunden und denk nicht, du seist unterentwickelt und müsstest die Sache womöglich beschleunigen. Es geht nicht darum, der oder die Erste mit dem ersten Mal zu sein. Sex ist kein Wettbewerb!

Egal, wie weit ihr schon gegangen seid: Wenn du merkst, du willst nicht mehr, hör auf! Du kannst immer **NEIN** sagen und einen Schritt zurückgehen oder anders Spaß haben. Oder ein andermal weitermachen.

Schon gewusst?

Das Kamasutra wurde in Indien zwischen dem 2. und 3. Jahrhundert geschrieben. Es gilt als die erste Abhandlung über Sex, ist eines der bekanntesten Bücher der Welt und enthält sehr detaillierte Anweisungen für verschiedene Stellungen beim Sex.

ORALSEX

Die Genitalien des anderen mit dem Mund, also oral zu stimulieren, ihn zu schmecken und ihn dich schmecken zu lassen ... macht sehr viel Lust! Oralsex ist **EINES DER ERREGENDSTEN SPIELE** zu zweit. Ihr könnt euch darauf beschränken oder es als Vorspiel zum Geschlechtsverkehr einsetzen oder danach, um zu einem Orgasmus zu gelangen, wenn einer von euch nicht gekommen ist.

Jede Sache hat einen Namen

Beim Oralsex kommen die Lippen und die Zunge in Kontakt mit der intimsten Zone deines Partners. Wenn der Penis auf diese Weise erregt wird, nennt man das **FELLATIO**, wird die Vulva erregt, **CUNNILINGUS.** Zudem gibt es eine dritte Variante beim Oralsex, hierzulande als **RIMMING** bekannt, um den Anus und den Damm mit dem Mund zu liebkosen.

Magst du Oralsex?
Gratuliere!
Genieße es und denk dran,
Übung macht den Meister!

O-TON CHUSITA

⚠ Bitte keinen Oralsex, wenn ...

- Dein Partner nicht vertrauenswürdig ist und ihr kein Kondom verwendet.
- Du Flecken oder Warzen an Penis oder Vulva entdeckst.
- Du Herpes oder Verletzungen am Mund hast.

Fang zuerst mit Streicheleien und Zärtlichkeiten an, bevor du deinen Mund in Richtung Intimzone deines Partners bewegst, um ihn zu erregen und zu stimulieren. Entdecke die Sache mit dem Oralsex langsam und am besten **SCHRITT FÜR SCHRITT.** Es geht nicht darum, sich das Glied so schnell wie möglich in den Mund zu schieben oder sofort die Spalte zu lecken, sondern eine neue Technik kennenzulernen, miteinander Spaß zu haben.

Fühl dich nicht schlecht, wenn du auf Cunnilingus oder Fellatio stehst. Das ist ganz normal! Es verschafft nicht nur dir **SEHR VIEL LUST,** sondern auch dem anderen. Selbstverständlich ist es normal, dass du es auch gern gemacht bekommst, dich dem anderen hingibst und dich von deiner Lust davontragen lässt.

Einfach sauber

Wenn es um Oralsex geht, ist es keine schlechte Idee, vorher im Bad vorbeizuschauen und sich noch mal untenrum zu waschen, selbst wenn du morgens geduscht hast. Auf diese Weise machst du dich frisch und vermeidest unangenehme Gerüche.

Falls du sehr viele Schamhaare hast und glaubst, das könnte Schwierigkeiten geben, schneid sie einfach ein bisschen kürzer. Ansonsten musst du dich bei dem Gedanken, es könnte beim Oralsex irgendein Härchen in den Mund gelangen, nicht verrückt machen.

Miteinander reden

Auch wenn ihr beim Oralsex mit dem Mund grundsätzlich etwas anderes tut, könnt ihr natürlich währenddessen **REDEN.** Heutzutage gibt es keine Tabus und Gespräche verbessern bekanntlich jede Beziehung. Es ist sehr wichtig, dass du sagst, was du magst und was nicht, und ebenso aufmerksam deinem Partner zuhörst, was er sich wünscht. So habt ihr beide mehr davon und könnt euch gegenseitig wundervolle Momente schenken.

ICH AN DEINER STELLE …

Kann sein, dass es dir nicht gefällt, aber wenn du es nicht ausprobierst, wirst du es nicht herausfinden. Am besten fangt ihr mit etwas anderem an, Petting zum Beispiel, und lasst euch Zeit, euch Stück für Stück der Sache anzunähern und euch kennenzulernen. Entspanne dich, versuch es zu genießen und finde heraus, ob du es wirklich magst oder nicht. **CHUSITA**

So geht ein Cunnilingus

Bevor du dich der Vulva zuwendest, kümmere dich zunächst um **BRÜSTE UND BRUSTWARZEN,** streichle ihren Bauch, ihren Bauchnabel und die Innenseite der Oberschenkel, um die Klitoris zu wecken. Wenn du ihre Erregung spürst, nähere dein Gesicht ihrer Leiste, küss ihre Oberschenkel und widme dich ihren Schamlippen. Pass mit deinen Zähnen auf: Du kannst ein bisschen an den Oberschenkeln knabbern, aber bitte nicht mehr. Wenn du später mit der Zunge in die Vagina eindringst, schütz die Zähne mit deinen Lippen, damit du deiner Partnerin nicht wehtust. Nimm deine **FINGER** zu Hilfe und öffne die Schamlippen, such mit deiner Zunge die Klitoris. **SPIEL ZART MIT IHR,** denn sie ist sehr empfindsam, wenn sie erregt ist, und bietet sich dem Lecken und intensiven Küssen regelrecht an. Aber übertreib es nicht mit dem Stimulieren, denn das kann wiederum unangenehm werden und wehtun. Dann gehst du weiter Richtung Vagina, **SPIEL MIT DEINER ZUNGE** an den Schamlippen und schieb sie dann Stück für Stück in die Scheide, vielleicht nimmst du auch deine Finger zu Hilfe. Je mehr Spucke du verwendest und je feuchter sie ist, desto mehr Spaß habt ihr beide.

Versuch auf keinen Fall, mit dem Finger oder der Zunge eine heftige Penetration zu simulieren. Finde den richtigen Rhythmus heraus, nicht zu schnell, nicht zu langsam.

Ich bin schon eine Weile mit meinem Freund zusammen, und mir ist es unangenehm, dass er mich lecken will. Ich habe Angst davor, dass er mit seinem Gesicht da unten ist, obwohl ich es gern ausprobieren möchte. Was würdest du tun? **P. T., 18**

So geht eine Fellatio

Umfasse den Penis mit einer Hand und geh mit deinem Mund an die **EICHEL,** also die Stelle an der Spitze, wo der Junge die meiste Lust empfindet. Fang an, mit dem Penis zu spielen, küsse und lecke ihn mit der Zungenspitze, mit kleinen Bewegungen. Wenn du den Penis dann in den Mund nimmst, langsam, Stück für Stück, pass mit deinen Zähnen auf! Beweg den Kopf sanft und lass den Penis hinein- und herausgleiten. Spiel mit der Zunge an der Eichel und gib mit den **LIPPEN** einen sanften Druck, um ihm das Gefühl des Eindringens zu geben. Währenddessen kannst du mit der Hand den Penisschaft oder die Hoden streicheln.

Nimm den Penis nur so weit in den Mund, wie du magst. Wenn du ihn dir zu weit reinsteckst, kann das einen Würgereiz hervorrufen … **VERÄNDERE DEN RHYTHMUS,** beschleunige die Geschwindigkeit deiner Bewegungen, je nachdem, wie es euch gefällt.

Bitte NIEMALS …

- Gleich zur Sache kommen und es rein mechanisch tun.
- Ein angeekeltes Gesicht beim Oralsex machen.
- Seinen Penis oder ihre Vulva mit denen deiner Ex-Partner vergleichen.
- Es tun, obwohl man es nicht mag, Geben wie Nehmen.
- Ejakulieren, ohne es anzukündigen.

Oralsex muss immer sicher und geschützt sein!

O-TON CHUSITA

Immer geschützt

Wenn du Oralsex ohne Schutz hast, riskierst du, dass du dir eine sexuell übertragbare Krankheit einfängst. Wenn du in keiner festen und monogamen Beziehung lebst oder dir nicht hundertprozentig sicher bist, ob dein Partner völlig gesund ist, verwende **IMMER** ein **KONDOM** oder ein **LECKTUCH.**

Das Präservativ ist die einzig empfehlenswerte Methode für eine **FELLATIO.** Die meisten sind aus Latex und haben einen leichten Gummigeschmack. Reibe es mit Spucke ein, nachdem du es dir übergezogen hast, dann ist der Geschmack nicht so intensiv. Natürlich kannst du auch aromatisierte Kondome verwenden, es gibt sie in vielen Sorten. Oder du nimmst deine Lieblingsmarmelade …

Für einen **CUNNILINGUS** empfiehlt sich ebenfalls ein passender Schutz. Dafür gibt es das Lecktuch. Wenn du den Geschmack von Latex nicht magst, kannst du die Sache mit duftendem Gleitgel verfeinern. Als Ersatz für ein Lecktuch funktioniert übrigens ein aufgeschnittenes Kondom auch ganz gut.

Lecktuch

Diese kleinen quadratischen Latexmembranen werden bei Oralsex verwendet und schützen die Mundschleimhäute deines Partners vor deinen Körpersekreten. Bitte immer nur von einer Seite verwenden und gut festhalten! Du bekommst sie in der Apotheke, in Sex-Shops oder im Internet.

Für **RIMMING** werden die gleichen Schutzmethoden angewendet wie beim Cunnilingus, also entweder ein Lecktuch oder ein aufgeschnittenes Kondom. Es ist wichtig, den Anus unten drunter vorher gut zu befeuchten, sonst kommt es zu Hautirritationen. Im Kapitel »Analsex« findest du Informationen über Gleitmittel.

Scheidensekret und Sperma

Selbst wenn du in einer festen und vertrauensvollen Beziehung bist, heißt das noch lange nicht, dass du auch die Körperflüssigkeiten des anderen magst! Du kannst sie **KOSTEN ODER SCHLUCKEN,** musst du aber nicht. Ganz wie du willst – und nicht, weil dein Partner es von dir verlangt oder du dich unter Druck gesetzt fühlst.

Wenn dein Partner gesund ist und ihr Aids für euch ausgeschlossen habt, schadet es überhaupt nichts, gegenseitig eure Sekrete zu kosten. Manche mögen es, den **MUND VOLL SPERMA ZU NEHMEN,** andere spucken es aus oder verwenden es als Massagecreme ... Alles geht, alles ist erlaubt, und wie immer kommt es darauf an, dass du selbst entscheidest, was passiert.

Geben …

Wenn du eine Fellatio oder einen Cunnilingus beim anderen machst, geht es nicht nur darum, ihm oder ihr einen Gefallen zu tun. Vergiss nicht, selbst auf deine Kosten zu kommen! Tu es immer nur, wenn du auch **LUST** darauf hast!

Wenn du mit deiner Zunge neue Körperregionen deines Partners erkundest, **ACHTE IMMER AUF SEINE REAKTIONEN.** Finde heraus, was er am liebsten mag und ob er sich gut dabei fühlt. Falls du merkst, irgendwas läuft nicht so wie erwartet, verändere die Position, stimuliere eine andere Region oder wechsle den Rhythmus. Und wenn du herausgefunden hast, welche seine/ihre empfindsamsten Stellen sind und wie du sie am besten erregst, genieße es in vollen Zügen.

Du musst dich währenddessen nicht ausschließlich auf die Geschlechtsorgane beschränken. **BENUTZE DEINE HÄNDE,** um Hintern, Bauch und Oberkörper zu streicheln … Du kannst sogar einen Moment unterbrechen, um den anderen leidenschaftlich zu küssen – und dann wieder weitermachen.

… und nehmen

Wenn du mit Oralsex verwöhnt wirst, weißt du wahrscheinlich vor allem bei den ersten Malen nicht genau, wie du dich verhalten sollst. Was mache ich mit meinen Händen? Und mit dem Rest vom Körper? Muss ich etwas sagen oder bin ich lieber ruhig? Dafür gibt es, wie immer beim Sex, **KEINE REGELN,** obwohl es natürlich einige Tipps gibt, damit du dich besser dabei fühlst:

Entspann dich und finde eine bequeme **HALTUNG.** Wenn du magst, kannst du deine Hände hinter dem Kopf verschränken und sie nicht bewegen. Bleib einfach ruhig liegen und genieße, was der andere macht. Du kannst aber auch genauso gut dich selbst oder den anderen streicheln, aber bitte sanft und ohne dabei seine Bewegungen zu bestimmen.

KONZENTRIER DICH UND GENIESSE es. Wenn dich etwas stört, sag es, wenn du etwas toll findest und mehr davon haben willst … sag das auch! Für deinen Partner ist es hilfreich zu wissen, was du magst und was nicht. Also:

BLOSS KEINE HEMMUNGEN!

Bis zum Schluss?!

Damit das klar ist: Bei Oralsex kannst du einen **ORGASMUS KRIEGEN.** Für die meisten Mädchen ist es sogar einfacher, beim Cunnilingus zu kommen als beim Geschlechtsverkehr. Es gibt sogar welche, die sagen, das sei intensiver. Jungs können bei der Fellatio ebenfalls leicht zum Orgasmus kommen. Aber vielleicht wollt ihr das noch gar nicht. Wenn Oralsex nur das Vorspiel sein soll und du willst, dass ihr euch noch eine Weile küsst, leckt und miteinander spielt und zum Schluss dann richtig miteinander schlaft, ist es besser, an dieser Stelle aufzuhören und den Höhepunkt zu vermeiden. Wenn du merkst, dass du so weit bist und gleich kommst, sag es deinem Partner. So kann er sich zurücknehmen, den Rhythmus verlangsamen – und du eine kleine Pause machen.

Wenn du doch kommen willst, **SAG ES** auf jeden Fall **VORHER.** Ihr könnt ja nach einer Weile wieder von vorn anfangen!

Die häufigsten Stellungen

Im Liegen: Das ist am bequemsten für eine Fellatio und für einen Cunnilingus. Der Empfänger legt sich mit leicht gespreizten Beinen hin – er kann sie auch anwinkeln. Und derjenige, der gibt, kann sich auf den Bauch legen oder vor den anderen hinknien.

Im Stehen: Der Empfänger bleibt mit leicht gespreizten Beinen stehen, der andere kniet sich vor ihn. Sehr befriedigend für eine Fellatio, weil gleichzeitig die Hoden stimuliert werden können. Für einen Cunnilingus kann es etwas komplizierter sein.

Im Sitzen: Der Empfänger setzt sich mit gespreizten Beinen, die Pobacken nach vorne geschoben und den Rücken angelehnt. Der Partner kniet sich vor ihn. Eine sehr befriedigende Stellung für Fellatio und Cunnilingus.

UFF, DAS VERHAUE ICH, GARANTIERT. ICH KAPIERE NULL ...
ICH HAB AUCH KEINEN PLAN.
DU HAST GESAGT, DASS DU MICH LÄSST.
DU, ICH WEISS NICHT.
SCHON GUT, MACHEN WIR WEITER, SONST FALLE ICH WIRKLICH DURCH.

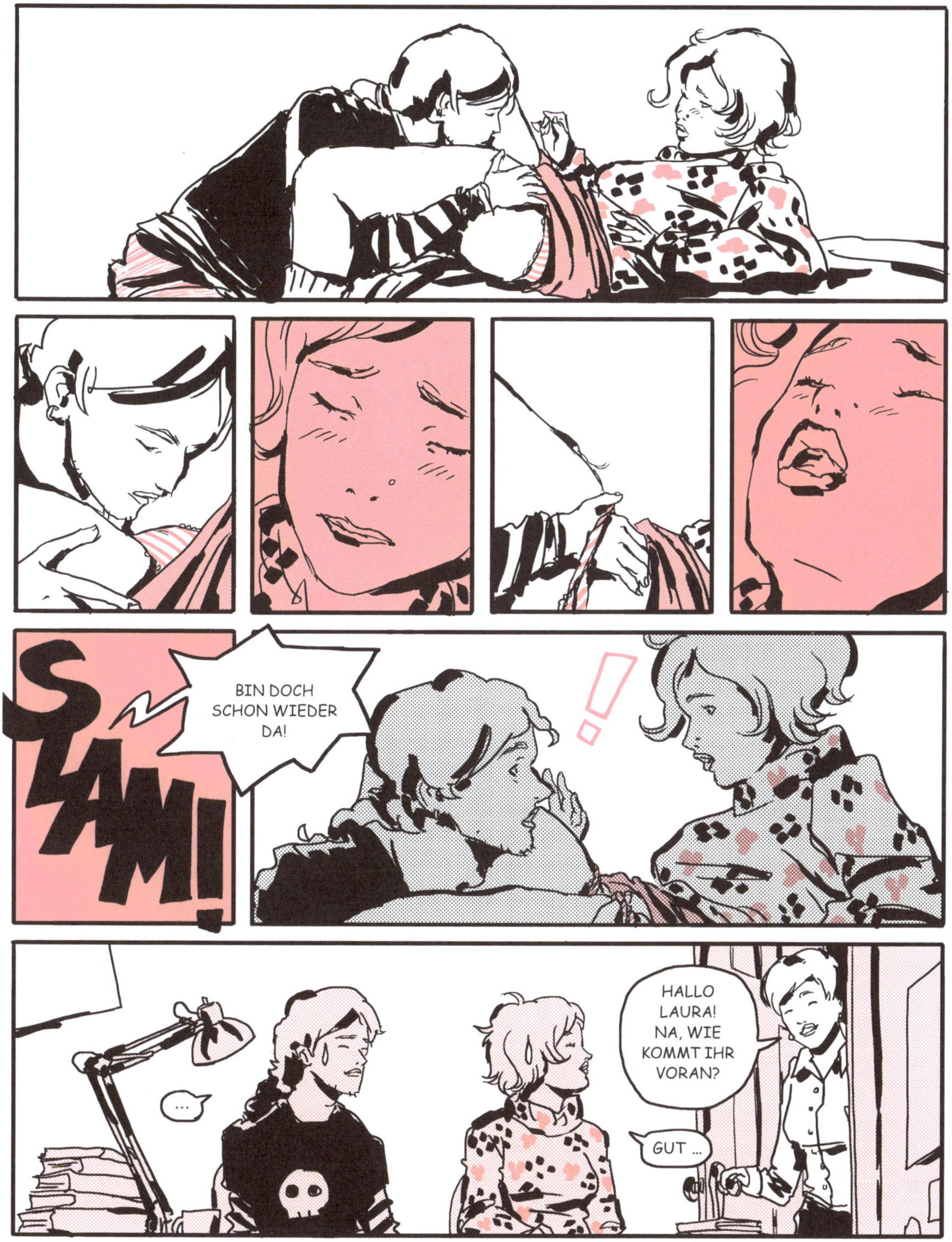
SLAM!
BIN DOCH SCHON WIEDER DA!
!
HALLO LAURA! NA, WIE KOMMT IHR VORAN?
…
GUT …

Die 69

Gleichzeitiger Oralsex funktioniert am besten, wenn eure Körper in entgegengesetzter Richtung zueinander liegen – wie die 69 eben. Egal ob oben, unten oder seitlich, handelt es sich hier um eine sehr ausgewogene und demokratische Stellung. Sie ist zugegebenermaßen für Fortgeschrittene, also am besten nicht gleich am Anfang ausprobieren, solange du in Sachen Oralsex noch erste Erfahrungen sammelst.

Wenn du noch **NICHT GENÜGEND ERFAHRUNG** hast, kann es nämlich passieren, dass du die 69 nicht in vollen Zügen genießen kannst, weil du es noch nicht schaffst, dich gleichzeitig aufs Befriedigen und aufs Befriedigtwerden zu konzentrieren. Beide werden zu leicht abgelenkt. Im Lauf der Zeit und mit zunehmender Erfahrung, wenn ihr euch gegenseitig besser kennt und wisst, was der andere mag und was nicht, kann diese Stellung aber eine sehr befriedigende Angelegenheit sein ...

ICH AN DEINER STELLE ...

Hallo Chusita, ich mag es, wenn mir meine Freundin einen bläst, aber ich mag es überhaupt nicht, sie zu lecken. Ich weiß nicht, was ich tun soll, denn manchmal bittet sie mich darum, aber ich bring es nicht über mich. Manchmal fühle ich mich dabei ungerecht, weil sie sich mir gegenüber nicht so anstellt und sogar Spaß dabei hat, wenn ich abgehe, während ich mich schäme und mich sogar ein bisschen davor ekle. Was rätst du mir? **A. G., 17**

Sex ist immer ein Geben und Nehmen. Auch wenn dir der Cunnilingus etwas unangenehm ist: Wenn sie dich darum bittet und du weißt, wie sehr sie es mag, denke ich, es wäre gut, einen kleinen Versuch zu wagen. Vergiss deinen Egoismus, sei großzügig ihr gegenüber und such nach einer Möglichkeit, es so zu tun, dass es dir auch gefällt. Wahrscheinlich wird es das, mehr als du denkst! **CHUSITA**

Schon gewusst?

Bereits in der ägyptischen Mythologie wird eine Fellatio beschrieben: Nach der Ermordung von König Osiris wurde sein Leichnam von seinem eigenen Bruder Seth zerstückelt, der die vierzehn Einzelteile in den Nil warf. Seine Frau Isis, mit magischen Kräften ausgestattet, suchte und fand sie und setzte alle bis auf eins wieder zusammen: den passenden Penis. Diesen formte sie aus Ton, passte ihn dem Körper an und stimulierte ihn so lange, bis er wieder zum Leben erwachte ...

VAGINALSEX

Und dann kommt der Moment, da willst du mehr als nur ein Vorspiel und endlich Geschlechtsverkehr.

Auch wenn ihr beide Lust auf **SEX MIT PENETRATION,** also Eindringen des Penis in die Vagina habt, lasst euch Zeit. Das Vorspiel dient dazu, euch in Stimmung zu bringen, ihr stimuliert eure erogenen Zonen und macht sowohl die Vagina als auch den Penis bereit. Wenn ihr nicht erregt genug seid, wird es nicht so schön und der Versuch hinterlässt Frust statt Lust.

Die Erektion

Wenn der Penis nicht **AUSREICHEND STEIF** ist, wirst du nicht eindringen können, sosehr du es auch versuchst – was dich natürlich nervös macht und dazu führen kann, dass sich die Erektion endgültig verabschiedet. Ein Vorspiel mit Zärtlichkeiten, Petting oder Oralsex führt dazu, dass die Erektion intensiver wird und länger anhält.

Feucht sein

Wenn die Scheide erregt ist, wird sie auf natürliche Weise feucht, und je feuchter sie ist, desto **BESSER FÜHLT SICH** die Penetration **AN.** Wenn du nicht feucht genug bist, nimm einfach ein Gleitgel zu Hilfe.

Das erste Mal

Vor dem »ersten Mal« tauchen eine Menge Ängste auf, zum Beispiel, dass es **WEHTUT.** Es stimmt, dass in manchen Fällen das Eindringen des Penis ein bisschen unangenehm ist, auch wenn das mit richtigem Schmerz nichts zu tun hat. Wenn du ein Junge bist, liegt das an mangelnder Feuchtigkeit, weil beim Eindringen die Eichel oder die Haut vom Penis gereizt wird. Und wenn du ein Mädchen bist, können die Beschwerden vom Jungfernhäutchen kommen, das beim ersten Mal reißt, und weil zum ersten Mal dieser Bereich deines Körpers überhaupt gedehnt wird. Aber alles lässt sich mit **GEDULD, BEHUTSAMKEIT UND LUST** lösen.

Kleiner Tipp

Versucht nicht, bei den ersten Malen gleich das Kamasutra auszuprobieren. Für den Anfang sucht ihr euch eine einfache und angenehme Position, die euch beiden gefällt. Und dann experimentiert ihr mit anderen Stellungen!

Kondom überziehen

Jede Sex-Praktik verlangt ein neues Kondom. Wenn du vorher beim Oralsex ein Präservativ verwendet hast, musst du vor dem Eindringen in die Scheide ein neues verwenden, selbst wenn du noch nicht gekommen bist, denn es könnte durch eure Spielchen Risse bekommen haben, und deshalb ist es dann nicht mehr sicher. Bevor du den Penis in die Scheide einführst, streif dir das Kondom über den erigierten Penis. Bei manchen Jungen führt dieser Schritt dazu, dass die Erektion für einen Moment nachlässt, aber der Anblick deiner Partnerin, ihre Zärtlichkeiten und Berührungen bringen ihn schnell wieder hoch.

Jetzt aber!

Mit einem steifen Penis und einer feuchten Vagina (und einer passenden Verhütungsmethode!) kann das **EINDRINGEN** beginnen. Sosehr du es auch willst und Lust dazu hast: Es geht nicht darum, dein Ding mit aller Gewalt reinzurammen, sondern Stück für Stück und **OHNE EILE** sanft einzuführen, ohne dabei zu schnell zu werden. Ganz wichtig ist, dass ihr euch beide dabei wohlfühlt!

Vergiss nicht, dabei auch andere Körperteile zu berühren, küsst, spürt und fühlt euch. Sowohl Küsse als auch Streicheleien machen alles noch intensiver. Es ist gut, jede Bewegung, **JEDEN MOMENT ZU FÜHLEN** und zu genießen.

Das rechte Maß an Bewegung

Sachte Schritt für Schritt voranzugehen, bedeutet nicht, einfach still dazuliegen, die Bewegungen auf ein Minimum zu reduzieren oder nicht die geringste Anstrengung zu machen. Ganz im Gegenteil! Genauso wenig musst du aber wie ein Akrobat herumturnen. Versucht, einen gemeinsamen **RHYTHMUS** zu finden, der euch gefällt – nicht, dass einer von euch sich kaum rührt und der andere bewegt sich wie verrückt! Manche Leute sagen, Liebe machen ist wie Tanzen, und je öfter man miteinander tanzt, desto besser klappt die Koordination zu zweit.

Sag es!

Heftiges Atmen und Keuchen sind nicht die einzigen Laute, die du ausstoßen kannst. Auch wenn es euch am Anfang lächerlich erscheint, in dem Moment, wo ihr richtig miteinander schlaft, ändert sich alles. Dabei deinem Partner etwas **INS OHR ZU FLÜSTERN** oder ins Ohr geflüstert zu bekommen, ist absolut erregend!

Sag, wie viel Spaß du hast bei dem, was ihr da gerade tut. Das macht den anderen unter Garantie noch mehr an.

Und Achtung:
Reden, nicht ein Ohr abquatschen!

O-TON
CHUSITA

Oder bitte deinen Partner um etwas, was dich besonders anmacht. Je expliziter dein Vokabular, desto stimulierender können deine Worte für ihn sein. Ebenso kannst du fragen, ob dem anderen gefällt, was du da gerade machst, oder ob er einen konkreten Wunsch hat, den du erfüllen kannst.

Wenn du vor eurer sexuellen Beziehung für den anderen keine Liebe empfunden hast, sage auch jetzt nicht, dass du ihn liebst. Mach dir klar: Sex verbindet und lässt uns Dinge fühlen, die uns durcheinanderbringen. Deshalb mach lieber keine **LIEBESERKLÄRUNGEN,** wenn sie nicht von Herzen kommen. Gehe verantwortungsvoll mit deinen eigenen Worten um, spiele nicht mit Gefühlen und ... bedränge den anderen nicht!

Manche lieben **DIRTY TALK,** um sich im Bett anzuturnen. Ob du oder dein Partner auf »schmutziges Gerede« steht, ist etwas, was du langsam herausfinden musst. Am besten fällst du nicht gleich mit der Tür ins Haus, denn das kann auch nach hinten losgehen. Normalerweise bittet ihr euch gegenseitig darum, wenn einer von euch das geil findet. Wenn du solche Wörter nicht über die Lippen bringst, lass es.

Die besten Sätze

Das gefällt mir sehr ...

Du machst mich an!

Ich bin total geil!

Mach weiter ...

Es ist toll, wie du dich bewegst!

Ja, das macht Spaß!

Mehr, ich will mehr ...

Schau mir in die Augen ...

Selbstverständlich könnt ihr es im Dunkeln machen, aber denkt daran, wie erregend es ist, sich beim Sex **IN DIE AUGEN ZU SCHAUEN** und zu sehen, wie viel Spaß der andere dabei hat. Der Blick übermittelt nun mal die meisten Gefühle. Außerdem spiegelt der Blickkontakt, während ihr euch gegenseitig Lust macht, euer gegenseitiges Verlangen und lässt dich zur Höchstform auflaufen ...

Ich bin mit einem Jungen zusammen, und wir haben beide Lust, es zu tun, aber wir wissen, dass wir noch zu jung dafür sind. Unsere Freunde halten uns für verrückt. Was würdest du tun? **L. P., 13**

ICH AN DEINER STELLE ...

Euer erstes Mal ist nichts, wobei eure Freunde mitzureden haben, sondern eine wichtige Entscheidung zwischen euch beiden. Ratschläge sind okay, aber entscheiden müsst ihr. Wenn ihr wirklich Lust habt und euch entsprechend vorbereitet und reif genug dafür fühlt, handelt verantwortlich, denkt an die entsprechende Verhütung und probiert es aus. Genauso wenig aber müsst ihr euch dazu verpflichtet fühlen. Das ist etwas, was sich irgendwann von alleine ergibt. Ihr werdet merken, wann ihr es tun wollt und ob der passende Moment gekommen ist. **CHUSITA**

Mit unseren Augen und mit Blicken zeigen und steigern wir **UNSER VERLANGEN.** Diese nonverbale Kommunikation ist hilfreich, um Gefühle zu übermitteln, die sich nicht in Worte fassen lassen. Sie drücken den Grad unserer Zuneigung aus, wie sehr (oder wenig) uns etwas gefällt ... all das gibt uns Sicherheit und fördert unsere Selbstachtung.

Missionar und Reiterin

Am Anfang empfehlen sich die klassischen Stellungen. Was noch lange nicht heißt, dass sie deshalb langweilig sein müssen. Ganz im Gegenteil! Wenn sie in all den Jahrhunderten Millionen von Paaren Lust verschafft haben, muss ja etwas dran sein, oder?

Die bekannteste und häufigste Stellung im Bett ist die Missionarsstellung, bei der der Junge auf dem Mädchen liegt. Sie ist bequem und einfach, weil der Junge seinen Penis leicht in die Scheide einführen und das Mädchen bis zum G-Punkt stimulieren kann. Die Missionarsstellung erlaubt außerdem intensiven Blickkontakt und ihr könnt euch gut dabei küssen und streicheln. Nur weil der Junge oben liegt, ist er nicht der Einzige, der die Bewegungen bestimmt, denn ihr beide könnt euer Becken für noch mehr Lustgefühle rhythmisch auf und ab bewegen.

Beim Sex bitte niemals ...

- Über deine eigenen Fehler oder die deines Partners sprechen.
- Über deine(n) Ex sprechen oder den Partner mit ihm/ihr vergleichen.
- Ein Selfie machen, während ihr miteinander schlaft.
- Eine Pause einlegen, um ans Telefon zu gehen.
- Die Situation ausnutzen, um über deine Probleme zu sprechen.
- Den anderen mit einem falschen Namen ansprechen.
- Schmutzige Wörter mit Schimpfwörtern verwechseln.

Die weibliche Version der Missionarsstellung ist die **REITERIN,** ebenfalls eine sehr bewährte Stellung. Sie erlaubt nicht nur, dass ihr euch gegenseitig in die Augen schaut, sondern provoziert noch intensivere Blicke, weil der Abstand zwischen beiden Körpern größer ist. Hier ist es das Mädchen, dass auf dem Jungen liegt, genauer gesagt, halb auf seinem Becken sitzt, und das Eindringen des Penis in die Scheide ermöglicht. Dann können sich beide Körper im gleichen Rhythmus bewegen, um die für euch beide schönste Stellung zu finden.

Für Fortgeschrittene

Für beide Stellungen, den Missionar wie die Reiterin, gibt es unterschiedliche Variationen, die den **RHYTHMUS BEREICHERN.** Hier ein paar Ideen:

- Egal, ob du oben oder unten bist, wenn du mit deinen Beinen den anderen fest umklammerst, wirst du einen stärken Druck im Unterleib spüren, der dich noch mehr erregt und den ihr beide spürt.
- Wenn du gut in Form bist, kannst du dein Becken kippen und ein Hohlkreuz machen und dich dabei sanft rein- und rausbewegen.
- Derjenige, der unten liegt, winkelt die Knie an und umklammert damit die Hüfte des anderen, der oben liegt. Die Penetration geht tiefer.
- Wenn derjenige, der unten liegt, seine Beine Richtung Schultern streckt, kann derjenige, der oben liegt, noch intensiver eindringen.

Je öfter ihr es tut, desto schneller werdet ihr eure eigenen Lieblingsstellungen finden. Traut euch, Dinge auszuprobieren und neue Stellungen zu erfinden!

O-TON CHUSITA

Andere Stellungen

Stehparty: Er steht und sie umklammert seinen Körper mit Armen und Beinen und hält sich an ihm fest, während er in sie eindringt. Erfordert seinerseits ausreichend Kraft, um sie zu tragen. Wenn ihr aber euer Gleichgewicht gefunden habt, ist es eine sehr erregende Stellung!

Domina: Einer von euch sitzt auf dem Bett, auf dem Stuhl oder einer stabilen Oberfläche. Der andere sitzt auf ihm oder ihr und bestimmt die Bewegungen. Es gibt dafür zwei Varianten: Ihr schaut euch dabei an, oder sie dreht ihm den Rücken zu, wenn sie oben sitzt.

Großer Wagen: Sie steht nach vorne gebeugt und stützt sich mit der Hand an der Wand ab, während er von hinten in sie eindringt. Es ist eine sehr gewagte wie sinnliche Stellung, die sehr tiefes Eindringen erlaubt.

Lotus: Ihr sitzt euch beide gegenüber, auf dem Bett oder einer sicheren Oberfläche. Dann verschränkt ihr so eure Beine, dass sich eure Genitalien vereinigen. Es ist eine der sanftesten und intimsten Stellungen, weil ihr euch dabei ganz nah seid und Küssen könnt.

Waffeleisen: Ihr vereinigt euch in der Missionarsstellung oder Reiterstellung und dann streckt ihr beide eure Körper aus, ganz lang, der eine auf dem anderen, mit den Beinen ganz dicht beieinander. Alles an euren Körpern ist miteinander verbunden, auf diese Weise pressen sich eure Genitalien sehr intensiv ineinander, was ein starkes Lustgefühl auslöst.

Kleiner Tipp

Vermeide alle Stellungen, in denen dein Körper aus dem Gleichgewicht kommen kann, und stütz dich nicht auf bewegliche Dinge, wie einen Sessel mit Rollen oder eine Türklinke. Das kann mitten in der Ekstase zu einem fiesen Sturz führen!

Wie lange dauert ES?

Wie lange zwei Leute miteinander zugange sind, ist immer relativ. Es kann sehr kurz sein, vielleicht nur ein paar Minuten, oder eine halbe Stunde lang. Im Schnitt dauert **ES** um die sieben Minuten, im Idealfall zwischen sieben und dreizehn Minuten, obwohl es überhaupt keinen Grund gibt, die Zeit zu stoppen und sich in das Thema hineinzusteigern, weil es einfach nur darum geht, den Sex miteinander zu genießen. Nehmt euch die Zeit, die ihr braucht, entspannt euch und versucht, am Ende befriedigt und glücklich zu sein.

Für guten Sex musst du kein Schlangenmensch sein! Es gibt für jeden Körper die passenden Stellungen!

O-TON CHUSITA

Den Orgasmus ankündigen

Kurz vor dem Orgasmus kündigt sich der Höhepunkt durch eine **REIHE VON EMPFINDUNGEN** an. Wenn du das merkst, gib deinem Partner ein kleines Zeichen, dass du so weit bist, wie zum Beispiel ein »Ich komme«, damit er mit dir gemeinsam diesen Moment erleben und auf dich eingehen kann.

Den Orgasmus gleichzeitig zu erreichen, ist etwas Wunderbares, aber vor allem zu Beginn einer Beziehung wirklich schwierig. Lass dich da nicht unter Druck setzen! Ebenso wenig musst du dich verrückt machen, wenn ihr nicht gemeinsam kommt. Konzentriert euch darauf, dass ihr beide Spaß habt, und kommt, wann ihr kommen könnt, jeder **IN SEINEM TEMPO.**

Den Orgasmus hinauszögern

Wenn du merkst, du bist so weit oder dein Partner ist es, könnt ihr auch **NOCH EIN BISSCHEN LÄNGER SPASS HABEN,** wenn ihr mögt. Schämt euch nicht, euch das gegenseitig offen zu sagen, es ist gut für euch beide. Legt eine kleine Pause ein, in der ihr euch für ein paar Sekunden nicht bewegt. So können sich eure Körper etwas beruhigen und ihr könnt noch ein bisschen weitermachen, bevor ihr schließlich kommt. Das ist, wie immer, eine Frage der Erfahrung. Am Anfang werdet ihr nicht vermeiden können, dass ihr trotzdem kommt, selbst wenn ihr euch nicht rührt. Den Orgasmus hinauszögern ist

ETWAS FÜR FORTGESCHRITTENE.

Wie machen es zwei Mädchen?

Die Beziehung zwischen Mädchen ist mehr als Petting und Oralsex, denn der direkte Kontakt der Genitalien spielt hier eine bedeutende Rolle. Üblicherweise reiben zwei Mädchen zu Beginn gegenseitig ihre Genitalien an den Oberschenkeln der Partnerin. Dann legen sie sich aufeinander und stimulieren gegenseitig die Klitoris. Zusätzliche Lust verschaffen Finger oder Sexspielzeug, wenn sie eingeführt werden. Die Finger können sich dabei innerhalb der Vagina bewegen, mal nur einer, mal mehrere, und auf diese Weise für unendlich viele Lustmomente sorgen. Viele der vorher beschriebenen Stellungen funktionieren auch prima für Mädchen, wobei manche auch hierfür gerne einen Dildo verwenden – jede für sich oder beide, um sich gegenseitig so viel vaginale Lust zu bescheren wie nur möglich (im Kapitel Fantasien und Spiele erfährst du mehr über Sexspielzeug).

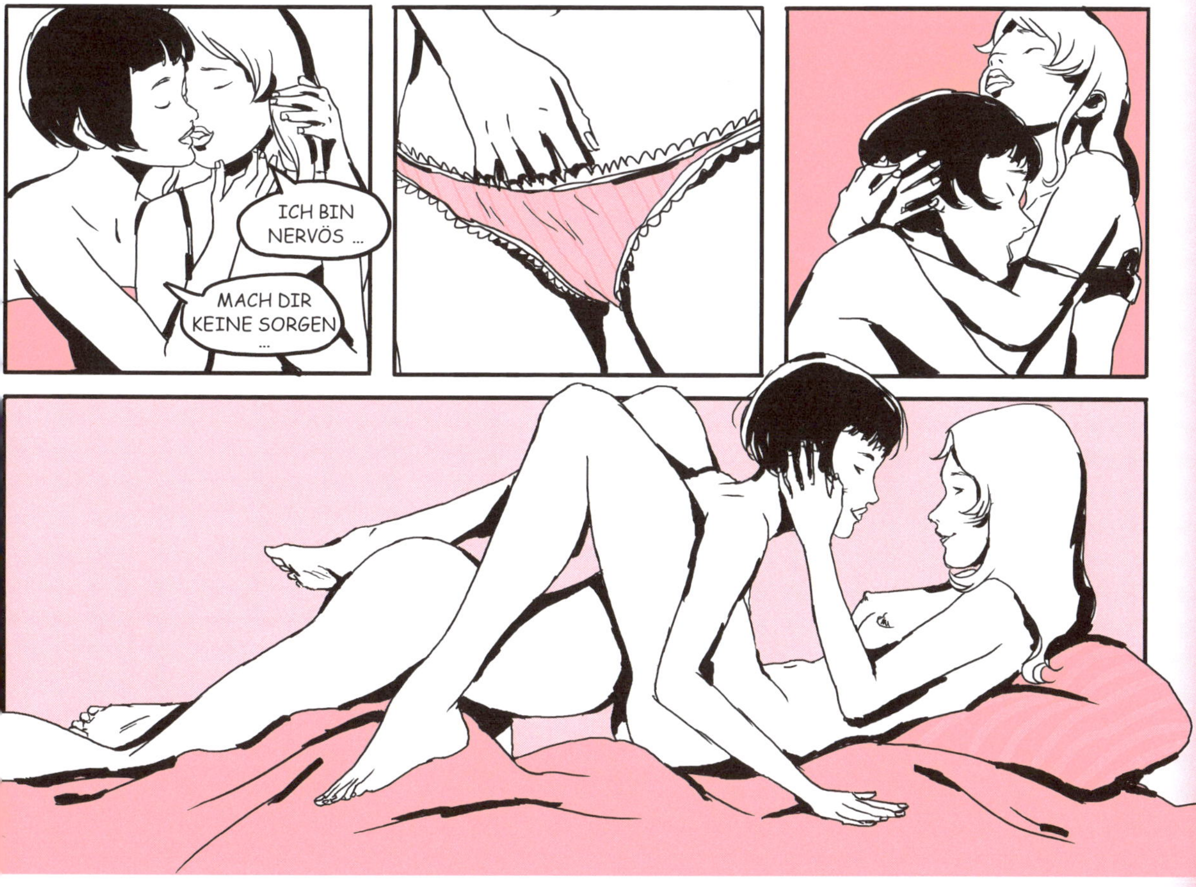

Die **SCHERENSTELLUNG** erlaubt einen sehr intimen und intensiven Kontakt eurer Genitalien. Ihr setzt euch dicht gegenüber, lehnt euch etwas zurück und stützt die Hände ab. Dann legt jede ein Bein zwischen die Oberschenkel der anderen, sodass eure Beine wie zwei Scheren ineinandergreifen, und ihr reibt eure Genitalien aneinander.

Zu Beginn sind die Bewegungen normalerweise eher sanft, die Schamlippen leicht aneinandergedrückt, um gegenseitig eure Klitoris zu finden. Von dieser Stellung ausgehend, könnt ihr dann unterschiedliche Varianten ausprobieren. Das ist alles eine Frage der Erfahrung, der Vorstellungskraft – und der Lust!

Eine(r) kommt nicht …

Wenn einer von euch einen Orgasmus bekommt und der andere nicht, müsst ihr euch nicht damit abfinden. Ganz und gar nicht! Es gibt viele Möglichkeiten, **WEITERZUMACHEN,** sodass ihr am Ende beide kommt.

Wenn das **MÄDCHEN** zuerst kommt, kann er in der Regel problemlos weitermachen. Es gibt allerdings auch Fälle, in denen die Vagina sich nach einem Orgasmus so sehr zusammenzieht, dass sie den Penis einfach »rausschmeißt«.

Wenn der **JUNGE** zuerst kommt, verliert er beim Ejakulieren seine Erektion und kann nicht mehr eindringen, um auf diese Weise dem Mädchen Lust zu bereiten.

In beiden Fällen nutzt eure Erregung und macht weiter, bis der andere kommt, mit Petting oder Oralsex. Nicht egoistisch sein!

Danach

Nachdem euer Liebesspiel mit einem Orgasmus glücklich vollendet ist, **IMMER MIT DER RUHE.** Es ist keine gute Idee, danach sofort aufzuspringen, davonzurennen oder sich

ICH AN DEINER STELLE …

Ich bin mit meinem Freund seit über einem Jahr zusammen und habe noch nie einen Orgasmus gehabt. Das beunruhigt mich, weil ich wirklich unbedingt einen haben will. Was kann ich tun? **A. M., 18**

Vor allem: Mach dich nicht verrückt! Sex ist nicht nur eine physische, sondern auch eine mentale Angelegenheit, ein Orgasmus auch. Auf der einen Seite musst du eine gewisse Bereitschaft dazu haben, auf der anderen dich selbst gut genug kennen. Probier mal aus, wie es ist, dich selbst zu erkunden! Finde deine erogenen Zonen heraus, und wenn du sie kennst, sag ihm, dass er dich dort stimuliert. Vielleicht müsst ihr auch neue Stellungen oder Spiele ausprobieren, wenn ihr Liebe macht. Und wenn er einen Orgasmus bekommt und du nicht, könnt ihr mit Oralsex weitermachen und versuchen, dass du ebenfalls zum Höhepunkt kommst. **CHUSITA** jeder auf seine Seite zu rollen, das führt nur zu Enttäuschungen. Genauso wenig ist jetzt der Moment, vom anderen einen Energieschub zu erwarten oder ihm irgendwelche Vorschläge für gemeinsame Unternehmungen zu machen. Einfach den Mund zu halten und gar nichts mehr zu sagen, ist auch nicht das Richtige. Alles zu seiner Zeit. Streichelt euch, küsst euch, redet miteinander und sorgt dafür, dass ihr euch weiterhin gut zusammen fühlt, selbst wenn ihr euch gleich verabschieden müsst.

Und jetzt?

Nach einer guten Sex-Session fühlst du dich natürlich großartig! Vergiss alle Gewissensbisse oder Selbstzweifel wegen dem, was du da gerade getan hast, ob du gut oder schlecht warst, ganz im Gegenteil. Denk daran, wie **SEHR DU ES GENOSSEN HAST,** und fühl dich glücklich damit. Wenn irgendetwas noch nicht so klappt oder du jetzt, nachdem es vorbei ist, denkst, das hättest du besser machen können, **RELAX** – mach es beim nächsten Mal eben anders.

Wenn du dich im Gegenteil wegen irgendetwas mies fühlst und alles andere als befriedigt bist, analysiere lieber die Gründe dafür. **GEH AUF DISTANZ,** wenn dich dein Partner unter Druck gesetzt hat, etwas zu machen, was du nicht tun wolltest. Denk dran, dass du vor allem dir selbst treu bleiben musst. Die einzig wahre Liebe, die du immer haben wirst und auf die du dich unbedingt verlassen kannst, ist die für dich selbst. Und die Person, auf die du am allermeisten aufpassen must, bist du.

Wieder und immer wieder …

Sex wird während einer Paarbeziehung immer **BESSER UND REICHER,** je regelmäßiger und normaler eure sexuellen Zusammenkünfte werden. Weil ihr zueinander Vertrauen habt und euch immer besser kennenlernt, braucht ihr keine Angst mehr davor zu haben, neue Dinge auszuprobieren, ganz im Gegenteil. Wenn du es magst und der andere auch, warum nicht? Es gibt jede Menge Sexpraktiken, die über »normalen« Geschlechtsverkehr hinausgehen, und auch Spiele und Sexspielzeug, die euer Zusammensein als Paar bereichern. Verpasst das nicht!

Besser nicht

Gleich einschlafen: Okay, du bist ganz schön geschafft, aber schlaf wenigstens nicht ein, bevor du dem anderen gesagt hast, wie toll es war.

Zwanghaft aufs Handy schauen: Das ist einfach unhöflich, erst recht, wenn du sofort nach dem Sex nachguckst, denn das kann den Eindruck erwecken, dass dir das, was du da gerade gemacht hast, nicht gefallen hat. Jeglicher Kontakt mit der Außenwelt kann wenigstens noch fünf bis zehn Minuten warten.

Sofort abhauen: Auch wenn du dich beeilen musst oder zu spät zu einem Termin kommst, nimm dir fünf Minuten Zeit, zu genießen, was gerade war, und tu alles, damit dein Partner sich gut fühlt. Und dann verabschiedest du dich freundlich.

HAST DU DAS VIDEO GESEHEN?
JA ... ICH GLAUBE, DAFÜR MUSS MAN EIN SCHLANGENMENSCH SEIN!
ACH WAS! ICH KANN DICH BESTIMMT GENAUSO GUT HALTEN ...
DU? NICHT MAL ZEHN SEKUNDEN, HAHA!
ABER DAS MIT DEM SCHUBKARREN ... MACHT DICH DAS NICHT AN?
KLARO! WAS FÜR EIN TYP! HAHA.
HEUTE NACHT PROBIEREN WIR WAS DAVON AUS ...

PROBIEREN WIR WAS ANDERES!
IM PORNO FLIPPEN SIE VÖLLIG AUS! IN ECHT IST ES GANZ ANDERS!

ANALSEX

Analsex ist eine völlig **NORMALE SACHE** zwischen zwei Menschen, unabhängig von ihrer sexuellen Orientierung. Sowohl Frauen als auch Männer können ihn sehr genießen. Einzige Voraussetzung für diesen Spaß zu zweit ist, dass ihr es beide wollt.

Der Anus ist eine Zone voller Nervenenden, und das macht ihn zu einer der **EROGENSTEN ZONEN** überhaupt. Wird er sanft und mit einem guten Gleitmittel stimuliert, erregt das unglaublich und weckt völlig neue Gefühle.

Vergiss Tabus!

Viele Jungs, die sich als **HETEROSEXUELL** bezeichnen, haben Angst davor, Analsex auszuprobieren. Es gibt keinen Grund dafür! Es bedeutet überhaupt nichts Negatives, seinen Körper auf diese Weise zu genießen, und du musst auch nicht an deiner sexuellen Identität zweifeln. Hab einfach Spaß daran, dich sexuell auszuprobieren! Ebenso können Mädchen mit ihrem männlichen Partner Analsex haben, wenn sie Lust darauf haben.

Analsex ist etwas, was jeder ausprobieren kann und was zu einer besonders lustvollen Erfahrung werden kann.

O-TON CHUSITA

Extreme Hygiene

Eine **GRÜNDLICHE** Reinigung des Analbereichs ist vor dem Analsex besonders wichtig. Dabei sind Wasser und eine neutrale Seife unbedingt nötig. Mindestens genauso wichtig ist es, **FINGER UND FINGERNÄGEL** wirklich sauber zu halten, und kurz genug geschnitten, damit du die Haut dabei nicht verletzt und keine Wunden verursachst.

Extremer Schutz

Auch wenn du von Analsex nicht schwanger werden kannst, bringt diese sexuelle Praktik das größte Risiko an sexuell übertragbaren Krankheiten mit sich, weil der After eine sehr sensible Zone ist, die leicht verletzt werden kann. Du musst also sehr behutsam sein und immer ein Kondom verwenden.

Gleitmittel, ja oder ja?

Im Gegensatz zur Vagina produziert der After keine natürliche Feuchtigkeit, deswegen kannst du dort nicht ohne Weiteres eindringen. Für **UNGEFÄHRLICHEN UND LUSTVOLLEN** Analsex ist ein gutes Gleitmittel unerlässlich.

Spucke, sonst immer eine gute Möglichkeit, um den Intimbereich zu befeuchten, reicht beim Analsex nicht aus. Du musst also nachhelfen. Am besten nimmst du ein **SPEZIELLES GLEITMITTEL,** das du in der Apotheke, im Fachgeschäft oder einfach im Supermarkt kaufen kannst. So hältst du den Afterbereich geschmeidig und feucht.

Am empfehlenswertesten für alle Sexpraktiken sind Gleitmittel **AUF WASSERBASIS.** Im Gegensatz zu Gleitmitteln auf Ölbasis beschädigen sie Kondome nicht. Die speziell für Analsex gedachten Mittel sind besonders sanft. Es gibt erfrischende oder aromatisierte – entscheide je nach Geschmack.

After bereit machen

Gib einfach ein paar Tropfen Gleitmittel in die Handfläche und ein paar auf den Penis bzw. auf das Kondom und verteil sie gut. Dann beginnst du am besten mit einer **SINNLICHEN MASSAGE,** die den After dehnt und später das Eindringen erleichtert. Die Stimulation mit den Fingern macht die Öffnung weit und geschmeidig und sorgt dafür, dass die Penetration nicht schmerzhaft wird. Es empfiehlt sich, sich mit kleinen, kreisenden Bewegungen vorzutasten und die Finger dabei leicht einzuführen, Stück für Stück. Wenn du mit dem Penis eindringst, mach es ebenfalls sehr vorsichtig und nach und nach. Auf diese Weise kommt ihr beide zu hundert Prozent auf eure Kosten.

ICH AN DEINER STELLE ...

Ich bin seit sechs Monaten mit meinem Freund zusammen, und am Anfang wollte er der Aktive in unserer Beziehung sein, und ich habe es akzeptiert, die passive Rolle zu übernehmen. Vor einiger Zeit nun hat er mich gebeten, die Rollen zu tauschen, dass also ich derjenige sein soll, der in ihn eindringt. Ich habe es versucht, aber mein Glied hat nicht mitgemacht, ich bekomme keine Erektion. Was soll ich tun? **L. M. S., 18**

Denk daran, dass jede Beziehung ein Geben und Nehmen ist. Und nur weil dich deine Nerven aus Angst vor dem Neuen einmal im Stich gelassen haben, muss es nicht immer so sein. Stelle dir vor, wie viel Spaß du in dieser Situation haben kannst. Und dann probiere es in Wirklichkeit aus. Wenn es dich nicht erregt oder du es eigentlich nicht willst, sag es deinem Partner ohne Wenn und Aber. Ansonsten können dir Oralsex, Masturbieren oder Sexspielzeug über die mangelnde Erektion hinweghelfen. **CHUSITA**

Wie tun es zwei Jungs?

Üblicherweise ergeben sich zwischen zwei Jungs bestimmte Rollen. Der eine mag der **PASSIVE** sein und bietet seinen Hintern dem Penis seines Partners an. Die andere Möglichkeit ist, den **AKTIVEN** Part zu übernehmen, also den Penis in den After des Partners einzuführen. Natürlich ist auch ein **ROLLENTAUSCH** möglich.

Um herauszufinden, in welcher Rolle du dich am wohlsten fühlst, musst du beide Varianten **EINMAL AUSPROBIERT** haben. In dem Moment, wo du sie in die Praxis umsetzt, musst du gut in dich hineinhören und klar sagen, was dir besser gefällt. Normalerweise redest du mit deinem Partner darüber, und ihr einigt euch, wer welche Rolle übernehmen will.

So oder so musst du **ERREGT UND ERIGIERT** sein. Der Aktive kann mit der Hand den Penis des Passiven stimulieren, während er von hinten eindringt: Auf diese Weise werden alle Sinne gereizt. Wenn du nicht gut drankommst, kann der Passive sich selbst masturbieren, während sich sein Partner auf die Penetration konzentriert.

Ihr könnt gemeinsam oder unabhängig voneinander kommen. Ganz, wie es euch gefällt.

Denk daran

Relax! Mit angespannten und verkrampften Muskeln kann es schmerzhaft werden ... besser, du lässt deine Spannung raus!

STOPP

Wenn das Eindringen ZU SEHR SCHMERZT ODER BLUTET, hör bitte auf. Das kann verschiedene Gründe haben, die du ernst nehmen solltest. Das nächste Mal dann bitte mit mehr Ruhe und Einfühlungsvermögen! Und wenn es auf Dauer nicht besser wird, geh zum Arzt.

Stellungen

Löffelchen: Ihr liegt im Bett, hintereinander auf der Seite, die Knie leicht angewinkelt, der eine dreht dem anderen, der in ihn eindringt, den Rücken zu. Beide Körper kuscheln eng aneinander, was eine sehr innige Umarmung erlaubt.

Elefant: Einer liegt bäuchlings auf dem Bett oder einer festen Oberfläche und hebt sein Becken leicht an, um dem anderen seinen Anus darzubieten. Diese Stellung erlaubt ein tiefes Eindringen und ermöglicht, dass beide die Bewegungen gleichermaßen kontrollieren können.

Doggie-Style: Eine sehr übliche und bewährte Stellung sowohl für Vaginal- als auch Analsex. Einer von euch kniet auf allen vieren und stützt sich am Boden oder Bett ab, der Rücken ist dabei gestreckt. Der andere dringt von hinten ein und hält seinen Partner dabei am Rücken fest. Sehr lustvoll!

Wildes Pferd: Derjenige, der eindringt, liegt rücklings im Bett, mit offenen Beinen und leicht durchgebogenem Kreuz. Der andere setzt sich auf ihn, beide sind einander zugewandt, aber er lehnt sich leicht zurück. Verschafft demjenigen, der unten liegt, eine bessere Kontrolle der Bewegungen und damit noch mehr Spaß!

Cowboy: Einer von euch liegt rücklings im Bett, mit gestreckten und geschlossenen Beinen. Der Partner wendet ihm den Rücken zu und setzt sich auf ihn, leicht nach vorne gebeugt. Ermöglicht demjenigen, der oben sitzt, dass er auf dem Penis »reiten« kann – wie ein Cowboy.

Hügel: Einer von euch kniet bequem auf einem Stapel Kissen. Der andere ist hinter ihm und hebt den »Berg« mit jeder seiner Bewegungen an. Und er hat dabei freie Bahn mit den Händen zu den Genitalen des Partners!

Junge mit Mädchen

Damit Mädchen beim Analsex zum Orgasmus kommen, muss auf alle Fälle ihre **KLITORIS** stimuliert werden. Je nachdem, welche Stellung ihr gewählt habt, kann es sein, dass der Junge nicht so leicht drankommt, weil sie außerhalb der Reichweite seiner Hände ist. In diesem Fall muss sie selbst für sich sorgen, während er sich auf die Penetration konzentriert.

Mädchen mit Junge

Finger können beim Analsex perfekt einen Penis ersetzen. Führe zuerst die **FINGERSPITZE** deines Zeigefingers ein und dann, während sich der After dehnt, einen zweiten Finger, indem du mit sanften und rhythmischen Bewegungen die Öffnung weitest und in die Tiefe gehst.

Wenn du nicht direkt mit den Fingern eindringen möchtest, verwende ein **KONDOM.** Damit vermeidest du, dass die Schleimhaut mit Schmutz und Bakterien in Berührung kommt. Abgesehen davon, dass du Anus und Präservativ mit Gleitmittel befeuchten kannst, kannst du deine Finger auch mit Spucke nass machen, um unter dem Latex die Feuchtigkeit zu spüren, während du den Körper deines Partners erkundest.

Schon gewusst?

Die Bewohner des antiken Griechenlands haben Analsex zwischen Männern so häufig praktiziert, dass sie Bilder davon auf ihren Vasen verewigt haben.

Weitere Vorsichtsmaßnahmen

- Wenn du lackierte Fingernägel hast, führe sie besser nicht in den After ein. Nagellack kann giftige Substanzen an die Schleimhäute absondern.
- Such dir immer eine bequeme Position, sowohl für dich als auch für deinen Partner. Wenn sich einer von euch unwohl und in eine Position gedrängt fühlt, kann das zu Schmerzen oder Verletzungen führen.
- Wenn du nach dem Analsex weitermachen und Oral- oder Vaginalsex haben willst, müsst ihr euch unbedingt vorher waschen, sowohl die Genitalien als auch die Hände.
- Benutze niemals das gleiche Präservativ für Anal- und Vaginalsex oder Anal- und Oralsex! Du brauchst für jede Variante ein neues Kondom.
- Wenn du Hämorrhoiden hast, Fissuren (Risse) am Anus, am Damm oder Probleme mit dem Darm, suche lieber einen Arzt auf, bevor du Analsex hast. Kümmere dich zuerst um deine gesundheitlichen Probleme – und genieße dann in vollen Zügen!

Und danach?

Da man sich meistens beim Analsex die Schulter zeigt, ist es gut, sich danach anzuschauen und mit Blicken **DIE GEGENSEITIGE BEFRIEDIGUNG** zu kommunizieren. Kann sein, dass einer von euch zum Orgasmus gekommen ist oder vielleicht auch beide. Oder keiner von euch und es geht weiter …

KEINE HEMMUNGEN!

FANTASIEN

Wir alle haben sexuelle Fantasien, manche für uns alleine und andere, wenn wir mit unserem Partner zusammen sind. Und nicht immer teilen wir sie dem anderen mit! Es ist etwas **GANZ NATÜRLICHES** und sehr Menschliches, uns selbst in außergewöhnliche Momente hineinzuträumen.

Irgendwelche Fantasien zu haben, bedeutet nicht automatisch, sie auch umzusetzen, weil es sich bei den meisten um ein **SEHR PERSÖNLICHES SPIEL** handelt, das uns in unserer Vorstellung erlaubt, Dinge zu tun, die wir in Wirklichkeit niemals machen würden. Sexfantasien steigern das Begehren und erregen dich noch mehr. Und du brauchst sie nicht zu verheimlichen: Wenn du ausreichend Vertrauen hast, teile sie mit deinem Partner, das kann grandios sein!

Manche Fantasien sind auch unrealisierbar und gerade deswegen supererregend. Andere wiederum können umgesetzt werden, natürlich nur wenn sowohl du als auch dein Partner Lust darauf haben und beide damit einverstanden sind. Auf diese Weise entstehen absolut erregende Spiele, die eure sexuellen Zusammentreffen **SEHR BEREICHERN.**

Sexfantasien verstärken deine Lust und erregen dich noch mehr. Und sie mit deinem Partner zu teilen, kann granatenmäßig geil sein.

O-TON
CHUSITA

Übliche Fantasien

Stell dir vor …

- … dass dir jemand zuschaut, während du Sex hast.
- … dass du statt mit deinem Partner Sex mit deinem angehimmelten Popstar oder jemand völlig Unbekanntem hast.
- … dass du mit jemand Gleichgeschlechtlichem zusammen bist, wenn du heterosexuell bist, oder umgekehrt.
- … dass du eine Sexmaschine bist, mit so viel Erfahrung wie ein Porno-Star!

UND SPIELE

Dildos

In Sexshops findest du **UNENDLICH VIELE MODELLE.** Es gibt sie für jeden Geschmack und jede Vorliebe! Zu den Basismodellen gehören Dildos, die ähnlich wie ein Penis geformt sind, in verschiedenen Größen, Ausführungen und Formen. Es gibt für jede Art von Sex den passenden Dildo! Zum Beispiel gibt es welche, die die Klitoris und die Vagina gleichzeitig stimulieren, oder welche für Analsex. Dildos können auf unterschiedlichste Weise benutzt werden!

Jeder Dildo, in welcher Form und aus welchem Material auch immer, muss **IMMER MIT** einem **KONDOM** verwendet werden, um die Schleimhäute vor eventuellen Infektionen zu schützen. Und wenn du die Öffnung wechselst, wechsle auch das Kondom.

Einfaches Spielzeug

Auch wenn Sexshops mit Sexspielzeug jeglicher Art vollgestopft sind, brauchst du nicht viel Geld zu investieren, um sinnliche Spiele mit deinem Partner auszuprobieren. Es gibt eine Reihe von Gegenständen aus dem täglichen Gebrauch, die ihr für sehr erregende Momente und viel Spaß miteinander nutzen könnt. Hier ein paar Beispiele:

- **FEDER:** Perfekt, um den gesamten Körper zu liebkosen, inklusive Intimbereich.
- **TUCH:** Kann auf verschiedene Weise verwendet werden, zum Beispiel kannst du damit Augen verbinden, Hände fesseln … was noch?
- **BAND:** Wird über den Körper oder auch um den Penis geschlungen, um der Klitoris mehr Lust zu verschaffen.
- **SCHAL:** Je länger, je besser. Hilft euch, eure Körper miteinander zu verbinden. Wer den anderen fesselt, bestimmt das Spiel!
- **PINSEL:** Sehr gefühlvoll für Kitzeleien und Ganzkörpermassagen, inklusive für erotische Wörter, die du damit auf den Körper deines Partners schreiben kannst. In diesem Fall Vorsicht mit Tinte oder Farbe! Wenn sie nicht essbar ist, nimm lieber Marmelade.
- **GÜRTEL:** Wunderbar um ein Verführungsspiel zu beginnen, während du deinen Partner umschlingst und sinnlich tanzt oder … ihn fesselst.

KURIOSITÄTEN

In der Geschichte: Der ägyptischen Kaiserin Kleopatra wird zugeschrieben, den Vibrator erfunden zu haben. Sie hat eine Papyrustüte mit Bienen gefüllt und sie sich zur Stimulation auf die Klitoris gelegt.

In der Medizin: Der erste Vibrator der Neuzeit tauchte Ende des 19. Jahrhunderts in einer britischen Klinik auf. Es handelte sich dabei um einen Apparat in Form eines Penis, der elektrisch betrieben wurde und die weibliche Hysterie kurieren sollte.

In der Tierwelt: Einige Spinnenmännchen fesseln die Körper ihrer Weibchen während des Geschlechtsakts mit Spinnenfäden. Die weiblichen Spinnen wehren sich nicht und befreien sich nach dem Akt selbst. Manche Gottesanbeterinnen wiederum fressen ihre Männchen während der Paarung auf.

Im Kino: In dem Erotik-Thriller »Wild Things« mit Matt Dillon, Neve Campbell und Denise Richards gibt es eine Szene, in der sich eine sehr verbreitete männliche sexuelle Fantasie wiederfindet: ein »Flotter Dreier« mit einem Kerl und zwei Mädchen.

Übrigens …

Sanfte Musik im Hintergrund kann sehr verführerisch sein. Die Musik macht, dass sich die Körper gefühlvoll im gleichen Rhythmus davontragen lassen.

Noch ein paar Spiele

Du kannst dir selbst erotische Spiele ausdenken. Hier ein paar Ideen:

- **WÜRFEL:** Ihr macht auf einem Papier zwei Spalten und denkt euch jeweils sechs Dinge für jeden Würfel aus: Die erste Spalte zeigt die Aktion an (streicheln, lecken, küssen, saugen ...), die zweite die erogene Zone (Mund, Ohr, Bauchnabel, Pobacken ...). Und dann wird gewürfelt: Der eine zeigt wie, der andere wo.
- **KARTEN:** Ihr könnt Strip-Poker spielen oder ein anderes Spiel, bei dem immer der ein Stück auszieht, der verliert. Denkt euch weitere »Strafen« aus (z. B. wilder Oralsex) – die Punktzahl der Karte sagt, wie viel Zeit ihr jeweils dafür habt.

Aufregende Orte

Für mehr **AUFREGUNG UND ABWECHSLUNG** beim Sex müsst ihr nicht außer Haus gehen. Tut es zum Beispiel auf einem Tisch, auf der Küchentheke oder auf der Waschmaschine, während sie läuft, um die Vibration auszukosten!

Einer der häufig zum Mythos erhobenen Orte für Sex ist die **BADEWANNE,** obwohl das nicht immer eine tolle Erfahrung sein muss, denn das Wasser trocknet die Vagina aus und lässt den Penis herausrutschen. Wenn ihr es ausprobieren wollt, nehmt also nicht so viel Wasser! Oder versucht es in der Dusche.

Riskante Praktiken

Wenn du zu deinem Partner Vertrauen hast und ihr beide Lust habt, extreme Praktiken auszuprobieren, warum nicht? Spielt mit Handschellen oder Tüchern, fesselt euch ans Bett oder dominiert euch gegenseitig. **SPRECHT EUCH UNBEDINGT VORHER AB,** damit jeder von euch weiß, wie weit der andere gehen will oder nicht. Manche vereinbaren auch ein Codewort oder sagen einfach »Stopp«.

Zu zweit könnt ihr viele Dinge ausprobieren, sei aber vorsichtig, wenn du mit Menschen zusammen bist, die du kaum kennst oder zu denen du keine richtige Beziehung hast. Es gibt Spiele, die können dich derart in Verlegenheit bringen, dass du nicht mehr weißt, wie du aus der Nummer wieder rauskommst. Vorsicht auch mit Sexspielen innerhalb einer Gruppe, lass dich nicht erniedrigen oder zu gefährlichen Dingen hinreißen. Überlege dir **VORHER** gut, auf wen und was du dich einlässt und ob du es wirklich tun willst.

ICH AN DEINER STELLE ...

Wir sind seit einigen Monaten ein Pärchen und ich bin sehr verliebt. Ich würde ihm gerne einen Dreier mit meiner besten Freundin vorschlagen. Findest du das verrückt von mir? **A. F., 18**

Überhaupt nicht. Der Dreier ist eines von vielen Sexspielen. Wenn ihr zu zweit seid und du dir einen mehr für eure erotischen Spielchen wünschst, heißt das nicht, dass du den anderen nicht liebst, sondern nur, dass dich die Situation sehr erregt. Sprich mit den betreffenden Personen, und wenn beide Lust darauf haben, legt los. Aber Vorsicht: Du solltest du dir darüber im Klaren sein, dass das eure Beziehung und Freundschaft verändern kann. **CHUSITA**

Spiele für jeden Geschmack

Massage: Mit Ölen, Cremes und viel Gefühl können hingebungsvolle Körpermassagen intensive Lustmomente bescheren. Außerdem schafft es Verbundenheit und weckt den Wunsch, weiter und immer weiter zu machen.

Verbundene Augen: Ihr könnt euch beide die Augen verbinden, um euch schutzlos dem anderen auszuliefern, euch voll und ganz auf euren Körper zu konzentrieren und der Lust völlig hinzugeben. Oder nur einer hat die Augen verbunden. Wenn dieser sich dann in die Arme des anderen begibt, kann der sehen, wie der andere abgeht.

Eiswürfel: Das Spiel mit einem Eiswürfel ist viel mehr als nur eine Erfrischung zwischendurch! Nimm ihn in die Hände und lass ihn über die empfindlichen Zonen deines Partners gleiten. Der Kontakt mit der Kälte erregt die Haut, die Brustwarzen und die Schamhaare – und weckt überraschende Lustgefühle.

Erotische Geschmäcker: Es gibt Speisen und Getränke, die eure erotischen Spiele befeuern können. Mit frischen Erdbeeren, Schlagsahne oder flüssiger Schokolade könnt ihr Spuren über eure Körper ziehen – und dann ablecken!

Rollenwechsel: Schlüpf einfach mal für einen Moment in die Rolle einer anderen Person, nur für dich und deinen Partner. Das kann sehr erregend sein! Spielt Arzt und Patient, Lehrer und Schüler, zwei Unbekannte, Feuerwehrmänner, die einen Hilflosen retten, verführerische Diebe, die ihre Opfer überraschen …

Spiegel: Liebe machen vor einem Spiegel ist sehr erregend! So könnt ihr gleichzeitig eure Beziehung intensiv erleben und euch dabei wie in einem Film zuschauen, in dem ihr die Hauptdarsteller seid. Bloß keine Hemmungen!

Vorsicht, Kamera!

Auch wenn heutzutage jeder eine Kamera dabeihat, sei es auf dem Handy oder dem Tablet, filmt oder fotografiert ihr euch beim Sex besser nicht, weil du nie weißt, wer später diese Bilder über das Internet zu sehen bekommt.

GLOSSAR

A

Anus

After: Öffnung im hinteren Bereich der Geschlechtsteile, sowohl bei Männern wie bei Frauen.

C

Cunnilingus

Variante beim Oralsex, bei der die Vulva mit dem Mund stimuliert wird.

D

Damm

Zone zwischen Anus und den vorderen Geschlechtsorganen.

Dildo

Sexspielzeug in Form eines erigierten Penis.

E

Eichel

Peniskopf, empfindlich, rosig und dick. Sie wird von der Vorhaut verdeckt.

Ejaculatio praecox

Vorzeitiger Samenerguss: Wenn jemand die Ejakulation nicht unter Kontrolle hat und zu früh kommt.

Ejakulation

Samenerguss: Ausschüttung von Sperma durch den Penis, geht normalerweise mit dem Orgasmus einher.

Erektion

Zustand der Erregung, in dem der Penis hart wird und sich aufrichtet.

Erogene Zone

Körperteil, der bei Stimulation sexuelle Erregung auslöst.

F

Fellatio

Variante beim Oralsex, bei der der Penis mit dem Mund stimuliert wird.

G

G-Punkt

Sehr empfindlicher Punkt irgendwo im Inneren der Vagina.

Geschlechtskrankheiten

Sexuell übertragbare Krankheiten (STI). Lassen sich mit einem Kondom vermeiden.

Grooming

Sexuelle Belästigung und Erpressung, die mittels falscher Identität im Internet angebahnt wird.

H

Hoden

Teil der männlichen Geschlechtsorgane, Drüsen im Hodensack, die Samenzellen produzieren.

Hodensack

Hautsack der männlichen Genitalien, der die Hoden beherbergt.

Höhepunkt

Moment größter Erregung und Lust, wird üblicherweise als Orgasmus bezeichnet.

Hymen

Jungfernhäutchen: kleine Membran am weiblichen Geschlechtsorgan, die den Eingang zur Scheide verdeckt und beim Eindringen reißt.

K

Kamasutra

Jahrtausende altes indisches Buch, das alle erdenklichen Sexstellungen enthält. Nichts für Anfänger.

Klitoris

Weibliches Geschlechtsorgan in Form eines kleinen Perlchens, das sich zwischen den Schamlippen befindet.

Koitus

Der Moment, in dem die Genitalien zweier Personen direkt in Kontakt treten und der eine in den anderen eindringt.

L

Lubrikation

Feuchtwerden: nötig, damit die Vagina für das Eindringen bereit ist. Für den Anus mit Gleitmittel zu erreichen.

M

Masturbation

Selbstbefriedigung: Stimulation der Geschlechtsorgane mit den Händen oder durch Reibung an anderen Körperteilen.

Missionarsstellung

Stellung beim Sex, bei der der Junge auf dem Mädchen liegt.

O

Orgasmus

Höhepunkt (auch Klimax genannt). Spannungsentladung des Körpers als Antwort auf die sexuelle Erregung. Kann eine Ejakulation beinhalten.

P

P-Punkt

Sehr empfindlicher Punkt beim Mann irgendwo zwischen Damm und After.

Penis

Männliches Geschlechtsorgan.

Petting

Spielerische Variante beim Sex zu zweit, ohne Geschlechtsverkehr.

Präservativ

Auch Kondom genannt. Ist der beste Schutz vor Geschlechtskrankheiten und ungewollten Schwangerschaften.

R

Reiterstellung

Stellung beim Sex, bei der das Mädchen auf dem Jungen sitzt.

Rimming

Variante beim Oralsex, bezeichnet die Stimulation des Anus mit dem Mund.

S

Schamhügel

Mit Schamhaar bedeckte Dreieckszone oberhalb der Geschlechtsorgane. Bei Frauen auch Venushügel genannt.

Scherenstellung

Stellung beim Sex für zwei Mädchen, bei denen sich die Geschlechtsorgane berühren.

Sexting

Verschicken von erotischen Bildern über die sozialen Netzwerke. Manche machen das mit der Absicht, auf diese Weise sexuelle Kontakte übers Internet herzustellen, um sie dann kriminell auszunützen. Man spricht dann von Grooming.

Sperma

Flüssigkeit, die der Penis bei der Ejakulation ausstößt. Enthält Spermien (Samen), die in den Hoden produziert werden.

T

Testosteron

Männliches Sexualhormon, das in den Hoden produziert wird und das sexuelle Verlangen steigert.

V

Vagina

Scheide: inneres weibliches Geschlechtsorgan, in das der Penis eindringen kann.

Vorhaut

Umschließt die Eichel und ist über das Frenulum (Vorhautbändchen) damit verbunden. Bei einer Beschneidung wird sie entfernt.

Vulva

Äußeres weibliches Geschlechtsorgan, bestehend aus Schamhügel, Klitoris und Schamlippen, die die Öffnung zur Vagina (Scheide) umgeben.

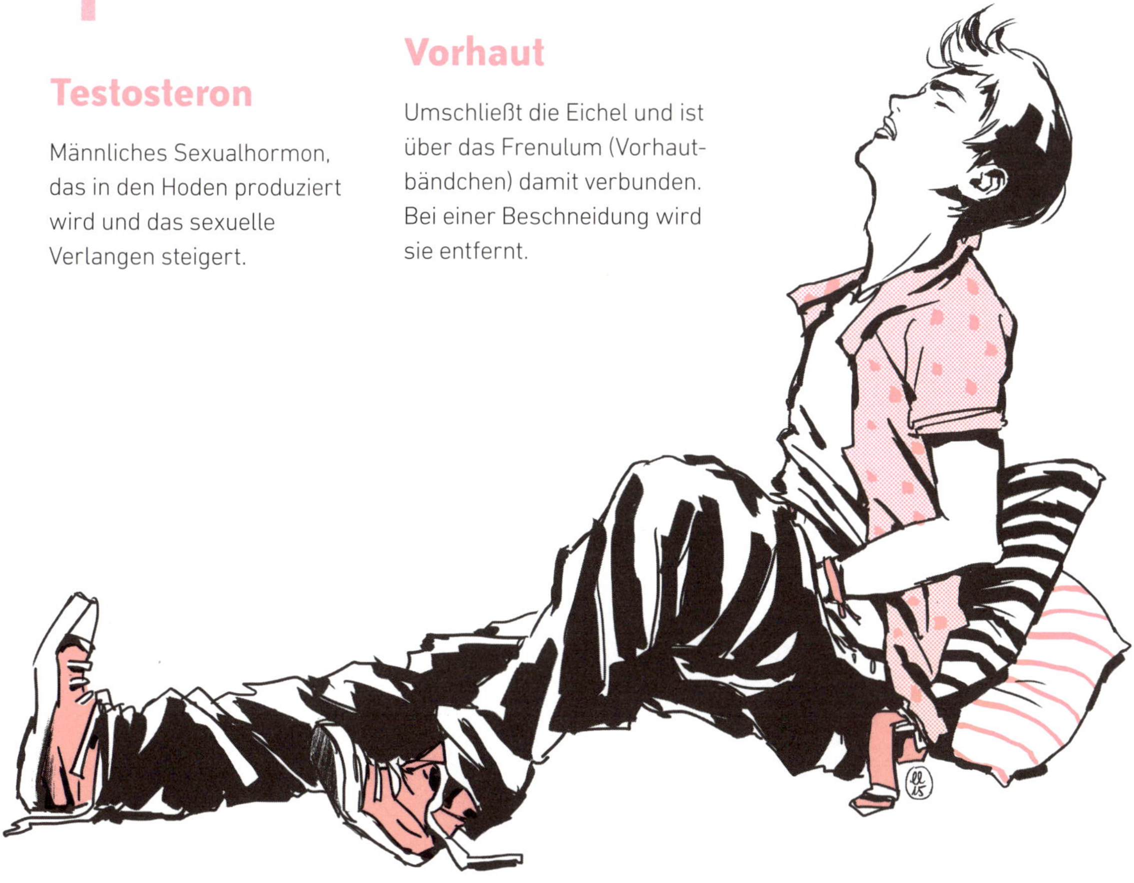